la fille mirage

Née dans les années 1960, **Elise Broach** est un auteur américain écrivant pour la jeunesse.
Elle vit dans le Connecticut.
http://www.elisebroach.com

Titre original : *Desert Crossing*

Publié pour la première fois aux États-Unis par Henry Holt and Company, New York doado noir

Elise Broach

la fille mirage

traduit de l'anglais (États-Unis)
par Etaïnn Zwer

rouergue

À mon frère et ma sœur,
Mark et Mary Broach,
pour toutes ces aventures partagées.

chapitre 1

Certains problèmes vous tombent dessus sans crier gare, comme ces orages sortis de nulle part. Une minute plus tôt, le ciel est bleu vif à l'horizon. Puis, tout à coup, il est noir et chargé de lourds nuages menaçants juste au-dessus de votre tête. Les feuilles prennent une teinte argentée et vrillent dans le vent, un bourdonnement emplit l'air et la pluie se met à tomber, si fort et si soudainement que vous ne distinguez plus rien. Vous pouvez être quasiment sûr que vous n'atteindrez pas la maison à temps.

Voilà à quoi ressemblait cette nuit-là alors que nous roulions à travers le Nouveau-Mexique. Il avait fait beau toute la journée, il faisait trop chaud dans la voiture et j'étais poisseuse de sueur, j'en avais marre d'être coincée sur le siège arrière, marre que Kit tourne systématiquement la climatisation vers lui. Mon frère, Jamie, conduisait et laissait Kit faire à sa guise. Il trouvait ça drôle.

– Allez, je répétais sans fin, je peux avoir un peu d'air moi aussi là derrière ? J'ai décollé mon tee-shirt de ma peau et me suis éventé le ventre. Je vais m'évanouir.

– Vas-y, a répondu Kit. On pourra enfin avoir la paix.

Jamie s'est contenté de rire, et j'ai donné un violent coup de pied dans le dossier de son siège. Il a alors brusquement tourné le volant d'un côté puis de l'autre, faisant trembler toute la voiture :

– Ça suffit, Luce. Tu vas le regretter.

Partis de Kansas City, on roulait vers Phoenix pour passer les vacances de printemps avec mon père. Ne me demandez pas pourquoi Kit nous accompagnait. C'est le meilleur ami de Jamie et ses parents étaient partis aux Bahamas pour essayer de sauver leur mariage. Précisément le genre d'histoire que vous n'avez aucune envie d'entendre, même si je préfère qu'elles concernent les autres. Nos parents étaient déjà divorcés, du coup Jamie et moi n'avions pas à gérer ça. C'est un truc que je n'ai jamais compris : comment une relation peut-elle durer en dehors des deux personnes intéressées ?

Bref, Kit n'avait rien de mieux à faire pour les vacances et avait décidé de venir avec nous. Ça me gâchait tout le voyage. J'étais coincée à l'arrière, ce qui était déjà assez pénible, mais pour couronner le tout, je me retrouvais obligée de les écouter tous les deux parler de filles pendant douze heures d'affilée, tout le long du trajet à travers le Kansas, l'Oklahoma, une partie du Texas et maintenant le Nouveau-Mexique.

Jamie a commencé en disant quelque chose du style :

– Tu as vu Maddie Dilworth à la gym samedi ?

Kit a claqué son poing sur le tableau de bord.

– Oh, oui ! Oui. Elle est *canon*.

Et puis, comme si je n'existais pas, ils ont décidé de passer en revue chaque partie du corps de Maddie Dilworth. C'était intéressant, allez, disons peut-être trois secondes. J'étais assise avec mon carnet de croquis sur les genoux, essayant de dessiner, mais la sueur gouttait sur la page, brouillant les lignes. Incapable de me concentrer. Je ne cessais de regarder mes jambes maigres – trop blanches – et la façon dont mon tee-shirt retombait mollement sur ma poitrine. J'allais avoir quinze ans dans un mois, mais je me sentais toujours plus jeune en présence de Jamie et Kit – plutôt comme si j'en avais douze. Ils discutaient sans interruption, d'une autre fille de la gym, puis d'une autre qui travaillait à la pharmacie Kane, puis de Kristi Bendall, une fille de ma classe. J'en pouvais plus.

– Oh eh ? Elle est en troisième, bande de nazes. C'est pas trop jeune pour vous ? Elle est dans mon cours de maths ! Je n'ai aucune envie d'entendre ce que vous pensez de ses seins. Vous pouvez arrêter ? Merci bien !

– Relax, a fait Kit. Et Jamie a ri.

Je me suis penchée entre eux pour allumer la radio. J'ai étalé la carte, l'ai dépliée comme une tente au-dessus du siège. Je les interrompais chaque fois que je voyais un panneau de signalisation. Mais rien à faire. Ils étaient lancés et j'étais condamnée à écouter.

– C'est le trajet en voiture le plus ennuyeux de ma vie.

Kit a grogné :

– Et ça intéresse qui ?

Voilà le genre de garçon qu'il est. Si vous ne lui servez à rien, autant ne pas être là du tout.

Tout le voyage s'est déroulé comme ça. Chaque fois qu'on s'arrêtait dans un restaurant, Jamie et lui s'asseyaient de leur côté à une table pour pouvoir draguer la serveuse.

– Eh, comment ça va ? C'est quoi le meilleur plat sur la carte ? Non, choisissez, vous. Apportez-nous celui que vous préférez. On vous fait confiance.

Ça semblait tellement ridicule qu'on aurait pu s'attendre à ce que la serveuse les ignore. Mais ils sont mignons, tous les deux, voilà pourquoi ils s'en tirent à chaque fois. Jamie et moi, on ressemble à notre père – yeux noirs, nez droit, sourire immense – et Kit a des cheveux roux, si doux et ondulés que vous ne pouvez pas vous empêcher d'avoir envie de les toucher. Jusqu'à ce que vous appreniez à le connaître.

Le plus souvent, les serveuses n'étaient pas vraiment jolies. Elles avaient les cheveux teints et les dents jaunies et ces voix rauques de fumeuses. Mais elles souriaient beaucoup et coulaient de longs regards narquois à Kit et Jamie, et c'était suffisant. Jamie adore les femmes, et Kit... eh bien, comme dirait ma mère, Kit adore le son de sa propre voix.

Je devais donc les regarder sourire d'un air satisfait, tenir la porte et laisser des pourboires à chaque endroit où l'on s'arrêtait. Au dernier restaurant, la serveuse était mexicaine et ne parlait presque pas l'anglais. Ils ne savaient pas quoi inventer, ressortaient leur espagnol du lycée – *por favor, claro que si, no mas* – pour essayer de l'impressionner. Notre père est à moitié mexicain et parle espagnol couramment, Jamie simulait donc bien mieux que Kit, mais malgré tout, ils ont continué à faire les singes. La serveuse a ri d'eux.

J'ai vissé mes écouteurs sur mes oreilles et dessiné sur le papier fin de la nappe : un cactus et un coyote, puis la serveuse, avec son front large et lisse et l'arc noir de ses sourcils. Je n'arrêtais pas de penser à ma meilleure amie, Ginny. Si elle avait été là, on aurait passé notre temps à se tordre de rire et à se moquer de Jamie et Kit. Mais, sans elle, la seule chose qui me restait à faire était de paraître occupée et d'éviter de passer pour la pauvre fille qui déjeune toute seule.

J'en avais marre qu'ils me mettent à l'écart.

Du coup, de retour dans la voiture, je me suis disputée avec Kit pour qu'il change de place avec moi.

– Allez, t'as été assis devant pendant tout le voyage. C'est pas juste. Ce n'est même pas ta voiture. J'ai trop chaud !

– T'as qu'à boire un truc.

Kit s'est penché pour attraper un pack de bières à ses pieds. Il l'avait obtenu d'un camionneur qui avait accepté de le lui vendre illégalement, évitant aux garçons, qui n'avaient pas vingt et un ans, d'avoir à montrer leur carte et de se faire ficher pour consommation d'alcool.

– Eh ! j'ai dit. Qu'est-ce que tu fais ?

Kit a tendu une bière à Jamie et en a pris une pour lui :

– J'ai soif.

Il s'est tourné et a pressé la canette froide contre mon bras. J'ai tressailli et il a affiché un grand sourire. J'ai repoussé sa main.

– Tu avais dit que les bières étaient pour Albuquerque, pour l'hôtel. Jamie, nom de Dieu, maman te tuerait. Pas en conduisant ! Et si un policier nous arrête ?

Les yeux de Jamie ont lancé des éclairs dans le rétroviseur :

– Il n'y a pas un seul flic alentour.

Il avait raison. Il n'y avait rien d'autre que le désert, rougeâtre et caillouteux, qui s'étendait sur des kilomètres dans toutes les directions. Le Kansas était un État plat, lui aussi, mais différent. Plus vert, plus doux, avec des grappes denses de maisons le long des terres agricoles. Cet endroit était vide. Des îlots épars de rochers et de buissons broussailleux et, au loin, une ligne irrégulière de montagnes, bleue et floue, à peine visible. À part ça, rien que le sol dur et sec, avec ses accrocs d'herbe argentée, de cactus de dessin animé, leurs feuilles énormes en forme de pagaies et, morne surprise, quelques arbustes. Tout l'après-midi, j'avais pensé qu'il était étrange qu'on ait construit une route ici, comme si elle pouvait rendre ce quelque part digne qu'on s'y rende. Jamie avait quitté la route principale des heures plus tôt. Il trouvait le trajet ennuyeux.

J'ai donné un autre coup de pied dans son siège, juste pour l'embêter.

– Arrête, Luce. Tu vois bien, il ne fait plus tellement chaud maintenant.

Il avait raison. Il faisait presque nuit. Soudain le ciel a viré au gris, un vilain gris épais et menaçant. J'ai baissé la vitre et penché mon visage. Sous l'assaut du vent, mes cheveux me fouettaient les joues. L'air soufflait en rafales et s'était rafraîchi. Il a rugi en s'engouffrant dans la voiture.

C'est à ce moment-là qu'il s'est mis à pleuvoir.

– Ferme la fenêtre ! a hurlé Jamie.

La pluie se déversait du ciel, un torrent de pluie, claquant sur le toit de la voiture, inondant la nationale. La route a disparu.

J'ai empoigné l'appuie-tête de Jamie :

– Ralentis !

– Wou-houuu ! Kit a rejeté la tête en arrière. Incroyable !

C'était comme d'être sous l'eau, de fendre un océan, sombre et noir.

C'est à ce moment-là qu'on l'a senti.

Un choc sourd.

Puissant, mais qui sonnait creux, aussi. Une sorte d'onde de transmission, étouffée, quand la voiture a heurté quelque chose.

chapitre 2

Mes genoux ont heurté le siège avant et la bière de Jamie s'est renversée sur le tableau de bord.

– Merde ! il a crié.

Il a freiné et braqué à fond. La voiture a dérapé et il a accéléré à nouveau pour tenter d'en reprendre le contrôle.

– Eh, du calme ! a dit Kit. Je sais pas ce que c'était, mais tu l'as touché.

– Quoi ? j'ai crié. C'était quoi ?

À genoux, je me suis collée contre la vitre arrière pour regarder au-dehors. Dans le faisceau rouge des phares, sous la pluie battante, j'ai distingué une ombre sur la route. La forme, agitée de secousses, s'est traînée dans un spasme sur le bas-côté.

– Oh, mon Dieu, Jamie ! Tu as percuté quelque chose ! Là, sur la route. C'était quoi ?

– Je ne sais pas.

Sa voix tremblait :

– Peut-être un coyote. Il s'est jeté sous les roues. J'ai pas eu le temps de freiner.

Il roulait au pas maintenant. Ses mains étaient crispées sur le volant, pâles. La pluie semblait laver la nuit tout autour de nous. Je ne voyais absolument rien.

– Mais ça bougeait encore, j'ai dit. Il faut qu'on aille voir.

Kit s'est retourné.

– Et pour quoi faire ? C'est juste un animal.

Je continuais à scruter la nuit à travers la vitre arrière, sondant le rideau de pluie argenté :

– Et si c'était un chien ?

– Personne n'habite dans le coin. Comment ça pourrait être un chien ?

Et on s'en serait tenus à ça, fin de la discussion, parce que je n'étais sûre de rien, que Jamie était secoué, que Kit en avait marre et qu'on était encore à une heure d'Albuquerque. On s'en serait effectivement tenus à ça si je n'avais pas vu ce point de lumière jaune, une tache claire au milieu de ce désert humide.

– Non, attends ! j'ai crié. Il y a une maison. Ça pourrait être un chien. Le chien de quelqu'un. Allez, Jamie. On doit y retourner.

Kit a fait volte-face :

– Tu déconnes ? Et on va faire quoi ? Rien ! C'était un accident. Il s'est jeté en plein milieu de cette foutue route !

Mais Jamie freinait déjà. Il a fait demi-tour et repris la route en sens inverse.

– Qu'est-ce que tu fais ?

Kit le toisait, dégoûté.

– J'y retourne.

La voix de mon frère était calme mais assurée, comme si on lui avait posé une question à laquelle il n'aurait même pas dû répondre. On adorait les chiens dans ma famille. Kit le savait. Il a quand même fait son petit numéro, hochant la tête et roulant des yeux, mais il savait qu'on devait retourner vérifier.

La route semblait étrange dans l'obscurité. Elle était glissante, noyée sous la pluie qui luisait dans la lumière des phares. Jamie roulait plus lentement. On ne pouvait pas dire si on s'était beaucoup éloignés de l'endroit du choc ou pas. Collée contre la vitre, j'observais chaque forme le long de la route : les bornes kilométriques, les buissons en bataille, les rochers qui surgissaient de la brume. Je me concentrais tellement que mes yeux piquaient. Il faisait presque nuit noire maintenant et nous progressions sous une pluie si dense qu'on aurait dit un mur.

– On ne va rien trouver du tout, a fait Kit qui tapait bruyamment du pied sur le tableau de bord.

Et une minute plus tard :

– Tu vois, il s'est envolé. Peut-être que tu l'as juste accroché. On est allés trop loin, on l'a dépassé. Fais demi-tour.

Mais juste à ce moment-là, je l'ai vue : une forme sombre, inattendue, qui gisait sur le bord de la route :

– Jamie, arrête-toi ! C'est là.

Jamie a freiné et la voiture a dérapé légèrement sur le côté.

– Où ? Quoi ?

– Regarde.

J'ai pointé la forme du doigt, mais sous la pluie, je ne pouvais pas être sûre.

– Vous êtes tarés tous les deux, a lâché Kit. J'arrive pas à croire qu'on est en train de faire ça. Et si c'est un chien ? Il a probablement la rage ou un truc du genre. Qu'est-ce qu'on va faire, hein ?

– J'en sais rien, a marmonné Jamie. Mais on va jeter un œil.

Il a fait à nouveau pivoter la voiture et s'est rangé en travers de la route, les phares éclairant l'endroit que j'avais désigné. Un halo de lumière blanche a inondé la chaussée. J'ai ouvert la portière et une bourrasque d'air humide m'a fait frissonner. Nos vestes devaient se trouver quelque part dans le coffre, mais Kit et Jamie ont simplement remonté leurs tee-shirts par-dessus leurs têtes et sont sortis sous la pluie. Il tombait des trombes d'eau qui détrempaient nos vêtements et formaient des rigoles le long de nos bras et de nos jambes. Avec leurs tee-shirts passés sur la tête, Jamie et Kit avaient l'air de fantômes.

J'ai couru devant.

– C'est là ! j'ai crié.

J'entendais les pas de Jamie sur le gravier, derrière moi. Dans la lumière des phares, j'ai aperçu la forme. Quelque chose de pâle, recroquevillé, dos à la route.

Je me suis immobilisée. Jamie m'est presque rentré dedans. Nous nous tenions là, hébétés. Le souffle coupé. Ce n'était pas un animal.

C'était une fille, son bras fin reposait sur le gravier, recourbé comme celui d'une ballerine. *Oh mon Dieu*, j'ai pensé.

chapitre 3

Il y a des moments où tout bascule, et de manière si soudaine, un battement de cils, à peine le temps de reprendre son souffle. C'est comme s'il y avait une ligne entre avant et maintenant, et que vous pouviez sentir le moment exact où vous la franchissez, et vous ne voulez pas la franchir parce que vous savez qu'il n'y aura pas de retour en arrière possible. Comme quand on a découvert la fille. On a marché vers elle, alors que Kit arrivait derrière nous, et je ne sais pas comment on a réussi à réagir, décoller nos pieds, penser à respirer. Je voulais courir à la voiture, les attraper par la main et les emmener avec moi, revenir à la minute juste avant cette minute-là pour que nous puissions rouler loin dans la nuit, sans savoir. Parce que le fait de savoir allait tout changer. À l'instant même où nous avons vu la fille, je l'ai senti : nous quittions notre ancienne vie et entrions dans l'inconnu.

Une fois près d'elle, on a remarqué ses cheveux répandus sur le sol en un éventail sombre et humide.

Ses yeux étaient grands ouverts, figés sous la pluie. Elle était morte.

Aucun de nous n'a osé parler. On est restés là sous la pluie qui tombait à verse, nous enveloppait, et on a regardé la fille, encore et encore, comme si en quelque sorte on pouvait, par notre simple regard, lui rendre la vie, la faire se relever, loin de cette route, loin des voitures roulant sous la pluie.

Je n'avais jamais vu un mort avant. En boucle dans ma tête, je pensais que si on avait été dans un film, les gens à cet instant précis seraient pris de panique, prendraient son pouls, l'allongeraient sur le dos, pratiqueraient un massage cardiaque et, peut-être qu'au bout de quelques minutes, elle tousserait ou pousserait un râle. Mais cette fille-là restait de marbre. Même dans le rugissement de la tempête, on pouvait palper le silence qui l'entourait.

Jamie s'est accroupi près d'elle.

– Mais, c'était un coyote, il a dit lentement.

Kit s'est penché, les mains sur les genoux :

– Il faisait noir. Tu pouvais rien voir. Elle s'est jetée en plein milieu de la route.

– Non. C'était un animal.

– Tu ne voyais rien.

– Non.

– Jamie…

J'ai touché son épaule. Il a secoué violemment la tête, s'est dégagé d'un mouvement brusque. Je ne pouvais pas quitter la fille des yeux. Sa bouche était en partie ouverte, un petit ovale bien net, tout à fait silencieux. Elle était plus âgée que nous, mais pas de beaucoup. Tout chez elle était ordinaire : un jean noir, un tee-shirt griffé d'un slogan sur le devant, un bracelet à breloques en argent qui ressemblait à celui que j'avais dans un tiroir à la maison. Son vernis à ongle était écaillé. Elle avait un double piercing à une oreille. Comment pouvait-elle être morte ?

Son corps formait un angle tordu sur le sol, son tee-shirt était remonté, dévoilant une bande de peau pâle. J'ai étendu le bras pour le rabaisser. Puis – je ne sais pas pourquoi – je me suis sentie malade, atrocement malade, et me suis mise à vomir. Alors que les vomissements redoublaient, j'ai senti quelqu'un attraper mes cheveux et les maintenir pour dégager mon visage. Ça devait être Kit, ce qui était bizarre, mais pas plus que tout le reste.

Jamie a retiré d'un coup le tee-shirt qui lui couvrait la tête et la pluie s'est abattue sur lui, plaquant ses cheveux sur son front. Il ne m'a pas regardée.

– Ça va aller, Luce. On va appeler quelqu'un.

– Attends, a dit Kit en sortant son téléphone. Avec sa main, il l'a protégé de la pluie et l'a tourné et pointé dans toutes les directions en martelant le clavier. Il a levé finalement les yeux, désespéré :

– On capte pas ici.

Puis je me suis souvenue :

– Il y avait une maison.

– Quoi ?

Ils se sont retournés tous les deux.

– La lumière qu'on a vue tout à l'heure. On peut demander de l'aide.

– Oui, OK, a dit Jamie.

Quelque chose dans son visage avait changé, s'était fermé. Il n'arrêtait pas de regarder la fille.

– Elle est trop près de la route. On peut la déplacer ?

Kit a fait non de la tête :

– On devrait pas la toucher.

J'ai dégluti difficilement :

– Et si quelqu'un lui rentre dedans ? Ou lui roule dessus ?

– Elle est morte, a dit Kit.

La bouche de Jamie n'était plus qu'une ligne mince, mais ses yeux étaient immenses.

– Je vais rester ici. Vous deux, prenez la voiture et allez voir du côté de la maison. Je reste avec elle.

Kit a froncé les sourcils :

– Tu ne peux plus rien faire.

Jamie lui a lancé les clés de la voiture :

– Allez-y.

On est donc retournés à la voiture, Kit et moi. Il a ouvert le coffre et m'a jeté ma veste, mais je suis restée plantée là à la regarder entre mes mains. J'étais incapable de penser ou d'agir.

– Enfile ça, il a ordonné.

J'ai réalisé alors que je tremblais. On est montés dans la voiture, et j'ai tendu son K-Way à Jamie quand on est passés devant lui en roulant au pas. Jamie l'a pris et l'a jeté sur une épaule tandis que la pluie continuait de tomber à torrents. Je l'ai regardé dans le rétroviseur alors qu'on s'éloignait. Il est devenu plus petit, avalé par l'obscurité, mais je pouvais encore voir son coupe-vent flotter mollement comme un drapeau.

chapitre 4

Il pleuvait si fort qu'on pouvait à peine distinguer s'il y avait une sortie. Mais la lumière était là, au loin, dans l'obscurité du désert et, en ralentissant, on a aperçu un sentier de gravillons qui se détachait de la nationale. Il était boueux, une mare d'eau parcourue de petits ruisseaux. Kit roulait maintenant au pas et la voiture cahotait et tanguait dans les ornières. Je frissonnais toujours, mais je sentais que je me réveillais, j'étais plus attentive. À présent tout semblait trop réel : la poignée en métal de la porte, glaciale, pressée contre ma cuisse et la forte odeur de bière qui avait envahi l'habitacle. Je glissais de brefs regards vers Kit. Ça ne lui ressemblait pas de rester silencieux comme ça.

Il a fini par dire :

– On ferait mieux de se débarrasser des canettes.

– Quoi ?

– On doit jeter les bières.

– Maintenant ?

Il semblait impossible de pouvoir penser à autre chose qu'à la fille. Mais la police serait bientôt là.

– Je ne sais pas, j'ai dit.

– On doit s'en débarrasser.

– Mais ça sent fort dans la voiture. Ils vont s'en rendre compte. Ça aura l'air de… Je ne savais pas comment tourner ma phrase.

Kit a haussé les épaules, en scrutant la route :

– S'ils trouvent des bières décapsulées dans la voiture…

Il a hésité :

– Pense à Jamie.

J'étais en colère contre lui, furieuse. C'est lui qui avait voulu boire de la bière, qui avait dégoté le pack, donné une canette à Jamie alors qu'il conduisait. Et maintenant une fille était morte, et ce n'était pas la faute de Jamie, ça ne pouvait pas être de sa faute. Mais on roulait vite et notre voiture empestait la bière. Qui comprendrait ce qui s'était réellement passé ?

– Moi je pense à Jamie, j'ai dit.

Kit m'a jeté un regard en coin. Il a ralenti et ouvert sa fenêtre. Puis il a tendu le bras pour fouiller à mes pieds, a attrapé les deux canettes et les a lancées dans la nuit. La seconde d'après, il a envoyé valser le reste du pack.

– Kit, j'ai dit.

Mais il a continué de rouler.

Soudain la maison était devant nous. Elle était basse et biscornue, deux des fenêtres étaient éclairées. Un camion stationnait sur le côté. Dès qu'on s'est garés dans la cour – si on peut appeler ça une cour parce qu'il n'y avait pas de délimitation claire avec le désert – deux énormes chiens ont surgi d'une remise pour foncer sur nous en aboyant.

On est sortis sous la pluie.

Les chiens ont encerclé Kit, leurs grandes queues battaient l'air mais ils n'ont fait que renifler ses jambes. J'ai baissé ma capuche et me suis dirigée vers la porte d'entrée.

Elle s'est ouverte avant que j'aie seulement eu le temps de toquer. Une femme dans la trentaine se tenait sur le seuil, vêtue d'une chemise d'homme couverte de taches de peinture. Elle avait un joli visage, bruni par le soleil et les cheveux noirs qui l'encadraient lui faisaient comme un voile. Elle les a repoussés en arrière, avec un air mécontent :

– Oui ? C'est pour quoi ? Un problème de voiture ?

– Non. Il y a… On…

Je ne savais pas quoi dire.

Kit s'est approché en courant, avec les chiens sur ses talons qui bondissaient et se faufilaient entre ses jambes.

– Oscar ! Toronto ! a dit la femme sèchement.

Les chiens ont reculé, craintifs. J'ai offert ma main au gros chien noir et il l'a léchée en donnant des petits coups de tête contre ma paume.

Kit a parlé d'une traite :

– Une fille a traversé la route en courant. Juste devant notre voiture. Elle est… Elle est morte. Mon ami est resté là-bas avec elle, mais elle est morte.

La femme nous a regardés tour à tour. Ses yeux noirs nous fixaient, et il était difficile de soutenir son regard.

– Entrez. Je vais appeler la police.

Détrempés, on a inondé le sol pendant qu'elle composait le numéro. Au milieu de la pièce, il y avait une immense structure de métal tordu, peinte de différentes couleurs, avec des trucs bizarres qui dépassaient – un enjoliveur, un morceau de tuyau. Une bâche avait été étalée dessous et un tapis était roulé contre le mur.

– Joe ? Bonsoir, Beth Osway. Je suis avec deux jeunes, là. Ils ont eu un accident, ils ont heurté quelqu'un. Ils pensent qu'elle est morte.

Elle a écouté une minute puis s'est tournée vers Kit :

– C'était où ? C'est loin de chez moi ?

Kit a fait un signe de la main :

– Je sais pas, à l'est, peut-être trois, cinq kilomètres ?

Elle a répété l'information dans le combiné :

– OK, on les retrouve là-bas.

Elle s'est tournée vers nous.

– Est-ce que ça va ? L'un d'entre vous est blessé ?

On a fait non de la tête.

– Non, ils ont l'air d'aller bien.

Elle a raccroché et pris un blouson en Nylon qui pendait à une patère au mur.

– Ça va leur prendre un moment. Mais on va attendre là-bas.

Elle nous regardait avec curiosité maintenant, avec ce même regard perçant, presque comme si elle cherchait à résoudre une énigme.

– Moi, c'est Beth. Et vous ?

C'est Kit qui a parlé.

– Kit Kitson et Lucy Martinez.

Elle l'a regardé.

– Kit Kitson ?

Il a rougi.

– Bon, Frederick. Mais tout le monde m'appelle Kit.

Je l'ai dévisagé. Frederick ? Je n'étais même pas sûre que Jamie soit au courant.

On a couru sous la pluie à nouveau. En montant à l'arrière de la voiture, l'odeur de bière était plus forte que jamais. Beth a ouvert la portière passager et, s'apprêtant à entrer, elle s'est arrêtée. Elle a jeté un coup d'œil à l'intérieur de l'habitacle, puis m'a regardée.

– Vous avez bu ?

– Non ! j'ai dit précipitamment. Non… J'ai seulement quatorze ans.

Kit s'est glissé sur le siège avant, sans la regarder.

Elle ne me quittait pas des yeux.

– Lui, il a bu ?

Je me suis tournée vers Kit. Il a mis le contact, sans un mot. Beth s'est penchée vers lui et a tourné la clé pour couper le moteur.

– On va prendre le camion.

Sa voix était dure.

chapitre 5

J'étais assise au milieu dans le camion, rentrant les épaules pour ne pas les toucher tous les deux. Je sentais Kit remuer, prêt à dire quelque chose. Dans la cabine sombre, son visage était tendu. Son petit sourire habituel avait disparu.

– On n'a pas bu, il a fini par lâcher.

Beth n'a pas réagi. Je l'ai regardé. Je ne pouvais pas croire qu'il allait mentir. Elle avait senti l'odeur dans la voiture.

Kit a haussé les épaules.

– Je veux dire, juste une bière.

Beth gardait les yeux sur la route. Les essuie-glaces chuintaient, gauche-droite-gauche, comme affolés, battant au rythme de mon cœur.

Kit s'est penché en avant.

– Quoi, une seule gorgée, vraiment. La moitié s'est renversée de toute façon. Quand on…

Il essayait de la forcer à le regarder, mais ses yeux à elle fixaient la route.

Elle a froncé les sourcils.

– C'est sacrément con, tu ne trouves pas ?

Kit s'est renfoncé dans le siège, vaincu, et je me suis repliée sur moi-même. Je n'arrivais pas à la cerner. Elle semblait vouloir nous aider, d'une certaine façon, en appelant la police et en nous conduisant jusqu'à Jamie. Mais elle ne nous traitait pas comme un adulte normal le ferait. Elle ne posait pas mille questions pour remplir les blancs de la conversation. Elle paraissait juste pressée de se débarrasser de nous.

Alors on a vu Jamie, assis là où nous l'avions laissé.

– Le voilà, j'ai dit doucement, mais Beth l'avait déjà repéré et ralentissait, en gagnant le bas-côté.

– Restez-là, a-t-elle dit brusquement en claquant la porte.

Je me suis écartée de Kit et j'ai regardé par la vitre. Elle a marché vers Jamie tout en rabattant sa capuche. Il a essayé de se relever, mais ses jambes étaient chancelantes. On aurait dit qu'il n'avait pas bougé depuis qu'on l'avait quitté. Il a trébuché sur le côté et Beth l'a saisi par le bras pour l'empêcher de tomber.

Je le voyais lui parler, elle lui répondre. Il a montré la fille du doigt. Beth s'est accroupie, un long moment, Jamie à ses côtés faisait des gestes et continuait de lui parler. Lorsqu'elle a voulu se relever, il a tendu la main pour l'aider.

– De quoi ils causent ? a demandé Kit.

– Je sais pas.

Je lui ai jeté un coup d'œil :

– Peut-être de la bière que tu n'as pas bue ?

– Oh, ça va. J'étais censé dire quoi ? On a déjà assez d'emmerdes, pas besoin en plus qu'elle fasse une affaire d'État pour une bière. C'était même pas la moitié d'une canette.

– Mais ça sent dans toute la voiture ! C'est crétin d'avoir menti.

– OK, OK. Il avait l'air en colère. Mais je t'ai pas entendue proposer une seule solution.

Je n'avais rien à redire à ça.

Je me suis tournée à nouveau vers la fenêtre et, aussi subitement qu'elle s'était mise à tomber, la pluie a cessé. Elle ne s'est pas estompée en bruine, elle s'est arrêtée d'un coup. On était assis dans le silence revenu, écoutant le bruit ténu et cristallin de l'eau qui s'écoulait sur la route. Le pare-brise étincelait sous un écran de gouttelettes. La nationale luisait comme une rivière dans la lumière des phares. Je n'arrivais pas à regarder la fille. Qu'est-ce qu'elle faisait là, dehors, toute seule, sur la route ? J'ai ouvert la portière, l'air humide de la nuit s'est engouffré dans le camion et ça m'a fait frissonner.

On entendait la voix de Jamie, assourdie, qui parlait à Beth. Peut-être qu'elle le questionnait au sujet de la bière. Il lui dirait toute la vérité, j'en étais sûre. Il n'était pas comme Kit. Il n'échafauderait pas de plans, sans prévoir les conséquences.

– Regarde, a dit Kit, en pointant quelque chose.

Au loin, je pouvais voir de minuscules éclairs de lumière rouge et bleue strier le paysage. Presque au même instant, on entendit le hurlement des sirènes. Mes bras ont tremblé. J'ai serré fort mes coudes pour me calmer.

Qu'est-ce qui allait nous arriver ? Les gens allaient en prison pour ce genre de choses. Conduire en état d'ivresse, renverser et tuer quelqu'un. Est-ce que ce n'était pas un meurtre ? Mais Jamie n'était pas soûl. Kit avait raison. Ils n'avaient vraiment pas bu beaucoup. J'espérais que Kit n'avait pas remarqué comme je tremblais.

Beth est revenue au camion et a posé sa main sur la portière.

– Les voilà. Vous feriez bien de sortir.

On est allés retrouver Jamie. Il était trempé jusqu'aux os, son tee-shirt était si mouillé qu'il collait à sa poitrine et était transparent. Ses cheveux lui tombaient dans les yeux et il les a rejetés en arrière, nous aspergeant d'eau.

– Pas une voiture n'est passée depuis que vous êtes partis. Ce coin est flippant.

On entendait la nuit bruire, tout autour de nous, à l'exception du carré de gravier sur lequel était allongée la fille, dans le silence.

Kit a fait un mouvement de tête.

– On peut se mettre là-bas ? Loin de ça ?

– Elle… j'ai dit.

Kit s'est éloigné de quelques mètres et Jamie et Beth l'ont suivi. Je n'ai pas bougé. Je me suis accroupie pour la regarder attentivement. Ses yeux étaient aussi scintillants et clairs que du verre. Ses joues brillaient. Elle n'avait aucune expression. C'était différent de ce que dégagent les gens quand ils dorment. Tellement plus profond, pas un tremblement, pas un spasme, pas un seul signe indiquant que son visage changerait jamais.

Son tee-shirt était bleu foncé. Barré par des lettres inscrites en énormes boucles nerveuses : THE ROCKIES ROCK ! L'équipe de baseball du Colorado. Elle était peut-être de là-bas. Ou elle y était allée pour les vacances. Ou quelqu'un lui avait rapporté ce tee-shirt d'un voyage.

Les sirènes hurlaient de plus en plus fort. J'ai regardé sa main pâle et ses doigts repliés, le bracelet autour de son poignet. Est-ce que ça ne devrait pas être plus facile de détruire un bracelet qu'une personne ? Est-ce qu'il n'aurait pas dû être écrasé ou brisé en premier ? Mais le bracelet était intact, tel qu'il devait être quand elle était en vie.

Il ressemblait au bracelet à breloques que j'avais à la maison. Avec un cœur en argent, qui pendait de la chaîne, comme le mien. On allait bientôt emmener la fille. Ce bracelet resterait la seule trace d'elle.

Avant même que je puisse penser à ce que j'étais en train de faire, j'ai tendu la main pour le détacher, puis le faire glisser le long de son bras. Le bout de mes doigts a effleuré sa peau froide, et les breloques se sont entrechoquées. Je savais que c'était mal. Je pouvais à peine respirer. Pourquoi je faisais ça ?

Je l'ai enfoncé tout au fond de la poche de ma veste juste au moment où les voitures de police se garaient dans un crissement de pneus.

chapitre 6

Il y avait trois policiers. Ils sont sortis tous en même temps de leurs voitures pendant que l'ambulance hurlait derrière eux. Les secouristes ont ouvert les portes arrière et en ont tiré un brancard métallique. Les roues ont cliqueté sur l'asphalte quand ils ont traversé la route. Puis ils se sont accroupis près de la fille, leurs gestes étaient rapides et assurés, soulevant son poignet, tâtant son cou, braquant dans ses yeux une minuscule lampe au faisceau perçant. Les policiers disposaient de lampes torches. Ils ont arpenté les alentours, la route et le gravier du bas-côté, là où elle était allongée. Quelqu'un a pris des photos et l'éclat puissant du flash m'a aveuglée. Ils ont parlé avec les secouristes. Ils ont tracé au sol le contour de son corps. Chacun semblait savoir ce qu'il avait à faire.

J'ai observé les secouristes soulever la fille et la placer sur la civière. Rectifier sa position et ramener les bras le long du corps. L'espace d'une minute, on aurait dit qu'ils la bordaient, comme ma mère le faisait parfois quand j'étais presque endormie, lissant les couvertures, et si mon bras dépassait du bord du matelas, le replaçant sous la couette.

Mais ensuite ils ont saisi et tendu un drap blanc pour la recouvrir complètement.

L'un des policiers est resté près de l'ambulance et les deux autres se sont dirigés vers nous. En les regardant venir, avec leurs badges brillants et leurs étuis de revolver bien en vue, une vague de peur s'est emparée de moi. La fille avait été vivante et, maintenant, elle était morte. Et entre ces deux moments, il n'y avait rien eu, à part nous. Mon cœur s'est mis à cogner dans ma poitrine. On avait fait quelque chose de terrible. Même si c'était un accident, ça ne pouvait être que notre faute.

Un homme imposant, plus âgé, qui semblait diriger les opérations, s'est avancé. Il s'est frotté le front et a fait un signe de tête à Beth.

– Comment vas-tu, Beth ? Ça fait un moment que je ne t'ai pas vue.

– Bien, Stan. Occupée. Et toi ?

Beth a rejeté ses cheveux en arrière, en fixant l'ambulance.

– Pas trop mal. C'est triste pour la fille. Elle est jeune.

– Je sais, je sais. Beth a hoché la tête. Que faisait-elle par ici, toute seule ? Vous n'avez reçu aucun appel pour une panne ?

– Non, on ne nous a rien signalé d'ici à Kilmore.

Il s'est tourné vers nous.

– Je suis le shérif Durrell. On a besoin de vos dépositions, les jeunes. Bien, lequel d'entre vous conduisait ?

Jamie a hoché légèrement la tête , en se mordant les lèvres.

– Et où est le véhicule ?

– Chez moi, a dit Beth. Je voudrais te parler un instant, Stan.

Elle l'a éloigné de nous, en lui parlant à voix basse. J'ai entendu Kit jurer entre ses dents. Jamie a secoué la tête.

– Arrête, Kit. On doit leur dire ce qui s'est passé. OK ? Tout ce qui s'est passé.

Kit s'est renfrogné.

– Je ne sais même pas ce qui s'est passé. Tu sais, toi ?

Puis le shérif est revenu, et son attitude avait changé, il était irrité et cassant.

– Si j'ai bien compris, les garçons, vous aviez bu. Je peux voir vos permis ? On va devoir faire quelques vérifications. Et quant à vous, jeune fille ? Vous avez bu de l'alcool aussi, ce soir ?

– Non, je me suis hâtée de dire, mais sans pouvoir le regarder en face.

Je sentais le poids du bracelet dans ma poche.

– Vous êtes au courant que l'âge légal, c'est vingt et un ans ?

– Elle n'a rien bu, a dit Jamie.

Quand j'ai levé les yeux, le shérif m'observait toujours.

– Marchez par là, vers la voiture de patrouille, en ligne droite, a-t-il ordonné. Talon contre orteils, les bras le long du corps, comptez vos pas à voix haute.

Les joues me cuisaient. J'ai fait ce qu'il disait, posant mes pieds avec précaution.

– Un, deux, trois…

Ma voix était faible et aiguë.

– Plus fort, a-t-il dit.

J'ai dégluti. Je ne supportais pas qu'ils me regardent tous.

– Huit, neuf…

– OK, ça suffit, il a crié. Revenez. Votre nom ?

– Lucy Martinez.

– Roy !

J'ai sursauté.

– Reconduisez mademoiselle Martinez à la voiture et prenez sa déposition.

Il s'est tourné vers Jamie et Kit.

– Vous, les garçons, vous restez avec moi.

J'ai suivi le jeune policier. En m'éloignant, j'ai jeté un rapide coup d'œil en arrière et j'ai vu Jamie et Kit plantés comme des statues, les bras serrés le long du corps. C'était irréel et trop réel tout à la fois, comme dans un rêve. Le shérif leur faisait lever la jambe haut en avant et maintenir la position. Dans d'autres circonstances, ç'aurait été drôle – ils ressemblaient à des cigognes – mais pas là, avec leurs visages figés et effrayés. Aucune chance qu'ils soient soûls. Mais j'avais peur pour eux, quand même.

Il faisait sombre dans la voiture de police où flottait une forte odeur aigre. Qu'est-ce que c'était ? De la sueur ? Sur le tableau de bord, plein d'écrans et de boutons clignotaient. On aurait dit l'écran de contrôle d'un vaisseau spatial. Des voix électriques ont jailli de la radio, j'ai tressailli. L'horloge indiquait 22:38.

– Il est si tard déjà ? j'ai demandé et je me suis sentie stupide quand il n'a rien répondu. J'ai réalisé que je n'avais aucune notion du temps. Aucune idée de quand s'était produit l'accident, ni de quand on était allés chez Beth, ou de quand la police était arrivée. Bien évidemment il allait me le demander. Et je ne saurais pas quoi dire.

Le policier a éteint la radio et pris un bloc-notes à pince avec un formulaire imprimé. Il posait les questions sans me regarder – nom, adresse, âge –, en griffonnant rapidement des lignes noires sur la feuille. J'observais son visage sous la faible lumière de la voiture. Un muscle de sa mâchoire se contractait sous la peau.

– OK, dites-moi ce qui s'est passé.

J'ai pincé la bouche et regardé à travers la vitre, me concentrant pour réfléchir. Je serais attentive aux détails, comme Jamie l'avait dit. Je voulais tout lui raconter.

– On roulait…

– Qui conduisait ?

– Jamie. Mon frère, Jamie.

– Et vous étiez assise devant ?

– Non… non, Kit était devant. J'étais assise à l'arrière, derrière Jamie. On va à Phoenix voir mon père et on essayait de rejoindre Albuquerque ce soir, pour y faire une pause. Il a commencé à pleuvoir très fort.

– Il était quelle heure ?

Je me suis mordu la lèvre.

– Je ne sais pas. Je n'ai pas regardé l'horloge.

– À peu près, quelle heure ? Sept heures ? Huit ?

– Il faisait sombre. Je ne sais pas. Il devait faire sombre à cause de l'orage, mais je pense que c'était après le coucher du soleil. Peut-être sept heures et demie.

– Et comment décririez-vous la visibilité ?

– Euh…

– À quel point pouviez-vous voir la route ?

J'ai repensé à cet océan qui tourbillonnait autour de nous.

– Il pleuvait à verse.

– Donc la visibilité était réduite ?

– Oui.

– Et votre frère a-t-il adapté sa vitesse ? Est-ce qu'il a ralenti ?

Je nous revoyais foncer dans la nuit sombre et liquide.

– Je ne sais pas. Je ne faisais pas attention.

– Et qu'est-il arrivé ensuite ?

– On a heurté quelque chose.

– Qu'est-ce que vous avez heurté ?

– Je ne l'ai pas vu. J'ai juste senti l'impact.

– Vous ne l'avez pas vu parce que vous ne regardiez pas devant vous, dehors ? Ou vous regardiez, mais vous ne pouviez pas distinguer ce que c'était ?

J'essayais de réfléchir. Est-ce que je regardais à travers le pare-brise quand on l'a renversée ? Je n'arrivais pas à m'en souvenir maintenant. La pluie brouillait tout.

– Je ne sais pas. Je ne pense pas que j'étais en train de regarder.

– Votre frère a-t-il freiné ? La voiture a-t-elle dérapé ?

– Non, non, c'est arrivé trop vite. Il n'y avait pas le temps pour freiner.

Il s'est arrêté d'écrire.

– Mais vous ne regardiez pas devant vous. C'est ça ? Donc vous ne savez pas s'il y avait le temps de freiner.

J'ai enfoncé ma main au fond de ma poche et effleuré le bracelet. Sur l'instant, cela m'a effrayée encore plus. Mais ensuite, d'une certaine manière, je me suis sentie rassurée. J'ai refermé mon poing dessus et pris une profonde inspiration.

– Non, j'imagine que non. Mais tout est arrivé très vite.

– Après le choc, votre frère a-t-il freiné ?

– Oui, il a freiné. Oui.

– Et il a arrêté la voiture ?

– Non, il pensait que c'était un animal. Un coyote.

– Il a dit ce qu'il pensait avoir vu ?

– Je crois que c'est ce qu'il a cru avoir vu.

– Mais vous n'avez pas vu de coyote.

J'ai fait non de la tête.

– Mais je me suis retournée pour regarder, après, et j'ai vu quelque chose sur la route.

Le policier s'est tourné vers moi, intéressé.

– Qu'avez-vous vu ?

– Il faisait sombre, il tombait des cordes. Je ne sais pas.

– Bon, ça ressemblait à un animal ?

– Ça aurait pu être un animal.

– Et c'était sur la route ?

J'ai repensé à la forme sombre et agitée de secousses, sur la route, cette chose blessée, mourante. Je n'ai pas pu le regarder. J'ai resserré mes doigts sur le bracelet et les bords nets des breloques ont entaillé ma paume.

– Elle essayait de s'écarter de la route.

– Donc elle bougeait ?

– Oui…

– En se redressant ? Ou… ?

– Non. Elle rampait plutôt sur le sol.

– Donc ce que vous avez heurté était encore vivant ?

Je la revoyais allongée là-bas, la beauté de son bras recourbé et ses cheveux noirs en halo. La voix de Jamie me parvint : *Mais c'était un coyote*.

– Je crois, ai-je murmuré.

– Qu'avez-vous fait à ce moment-là ?

– Je l'ai dit à Jamie et Kit. J'ai dit que j'avais vu quelque chose bouger et on a parlé de retourner voir, et Kit pensait que si c'était un animal sauvage, on ne pouvait rien faire.

Le policer a marqué une pause, son stylo suspendu au-dessus de la feuille.

– Est-ce que vous ou votre frère, ou l'autre passager avez discuté du fait que ce que vous avez vu sur la route pouvait être une personne ?

– Non !

J'avais la gorge nouée. J'ai inspiré profondément et serré fort mon poing autour du bracelet. Ça m'a fait mal, mais j'étais contente de ressentir cette douleur.

– Non. On n'a jamais pensé ça. Si ça avait été le cas, on se serait arrêtés immédiatement.

Il s'était remis à écrire, griffonnant rapidement certains mots, même si tout ce que je disais était flou. Il m'a regardée par-dessus son bloc-notes.

– Mademoiselle Martinez, avez-vous besoin de faire une pause de quelques minutes ?

J'ai fait non de la tête.

– Racontez-moi ce qui s'est passé ensuite.

– On a fait demi-tour. On est retournés voir et quand on est arrivés à l'endroit, on l'a trouvée là.

– Et il n'a pas arrêté de pleuvoir pendant tout ce temps-là ?

– Non.

– Et après ?

– On… on s'est tout de suite rendu compte qu'elle était morte.

– Comment avez-vous su qu'elle était morte ?

Je me mordillais la lèvre, hésitante.

– Ça se voyait. Ses yeux étaient ouverts. Elle ne bougeait pas, ne respirait pas, rien.

– Avez-vous tenté de pratiquer un quelconque acte de réanimation sur la victime ?

C'était la première fois que quelqu'un l'appelait comme ça. Je l'ai regardé. Si elle était la victime, on était quoi, nous ?

– Non. Elle était morte. Mais on a essayé d'appeler les urgences. On ne captait pas le réseau sur le mobile.

– Et qu'avez-vous fait alors ?

Je lui ai raconté la suite, d'une traite, sans reprendre mon souffle. Maintenant qu'on en était arrivés là, à cette partie de l'histoire où elle était morte, rien n'avait plus d'importance. Je lui ai dit que j'avais vomi, qu'on s'était rendus chez Beth pour demander de l'aide, que Jamie était resté avec elle. Il me semblait important qu'il sache que Jamie était resté là-bas. Comme si c'était la seule chose de bien qu'on ait faite.

Il a écouté et pris des notes. Puis un silence étouffant a envahi l'habitacle. J'examinais son visage pendant qu'il vérifiait ses feuilles. Je pourrais le dessiner, ai-je pensé, la ligne nette de sa mâchoire. Mais je ne savais pas ce qu'elle signifiait. Était-il en colère ? Est-ce qu'il me croyait ?

Voilà à quoi ressemble le visage des gens quand vous commencez à les dessiner : géométrique, abstrait. Plus vous les regardez, plus ils deviennent étrangers, se disloquant en un canevas de formes, telle une énigme impossible à résoudre.

Il a dit enfin :

– Très bien, mademoiselle Martinez, je pense que c'est bon. Vous devez être épuisée.

Pour la première fois, il m'a regardée, il m'a vraiment regardée. Il avait de beaux yeux, avec des rides aux coins. Si je l'avais vu jouer au base-ball ou promener son chien, je n'aurais jamais deviné qu'il était policier. Il ne semblait pas être le genre de personne à passer sa vie à courir après des criminels et des cadavres.

J'ai regardé l'heure. Il était presque minuit.

chapitre 7

Quand je suis retournée au camion, Beth était penchée sur le capot et parlait au shérif. Il faisait non de la tête.

– On doit l'emmener au poste. On a contacté la mère. L'autre garçon et la fille peuvent y aller, mais pas le chauffeur.

J'ai tendu l'oreille, en panique. Où était Jamie ? Ils allaient l'embarquer.

Le policier a posé sa main sur mon épaule.

– Ça va aller, a-t-il dit. C'est juste la procédure. Il a dix-huit ans ?

J'ai acquiescé, muette. Jamie et Kit se tenaient près d'une des voitures de patrouille. Kit me regardait, inquiet, mais Jamie fixait le sol. Il donnait des coups de pied dans la poussière avec la pointe de ses baskets, les mains enfoncées dans les poches. J'ai marché vers eux.

J'ai entendu Beth demander au shérif :

– Où vont-ils aller ?

– Eh bien, il y a le motel à Kilmore, mais ça fait assez loin pour ce soir. Et l'on doit saisir le véhicule. Je pourrais les déposer au centre de détention. Mais…

Je me suis retournée, Beth fronçait les sourcils en torsadant ses longs cheveux. Elle a soupiré.

– Ils peuvent rester chez moi. Si c'est seulement pour la nuit. Mais vous devez vraiment embarquer leur voiture maintenant ? Il est déjà tard.

– Oui. J'enverrai quelqu'un la remorquer. Vous pouvez aller vous coucher.

Il m'a fait signe.

– Mademoiselle Martinez ? J'ai demandé à ce qu'on joigne votre mère pour voir comment elle souhaite qu'on organise les choses cette nuit.

J'ai regardé Jamie.

– Et mon frère ? Je veux rester avec lui.

Le shérif a hoché la tête.

– Je suis désolé, il doit venir avec nous.

Cette fois-ci Jamie a levé les yeux, ils étaient agrandis par l'inquiétude. Je sentais ma gorge se nouer et j'avais peur d'éclater en sanglots.

– On ne peut pas rester tous ensemble ? S'il vous plaît ? j'ai demandé.

Mais le shérif s'éloignait déjà, son lourd holster cognant contre sa jambe.

– Et notre père ? j'ai demandé à Beth. Il nous attend à Phoenix, demain soir. On n'a qu'une semaine de vacances.

Elle est venue vers nous, et sa voix était plus douce qu'auparavant.

– Je crois que vous n'êtes pas près de repartir, en tout cas pas tout de suite.

Kit a pris une grande inspiration.

– Oh, allez ! C'était un accident. De quoi peuvent-ils nous inculper ? Bon, la bière, OK, mais on n'était même pas bourrés… Ce n'était pas notre faute. Enfin, si quelqu'un se jette sous votre voiture, en pleine nuit, c'est de votre faute ? Ça n'a aucun sens.

J'ai vu Jamie serrer son poing contre sa cuisse.

– Arrête de dire ça. Je n'ai pas percuté cette fille. Je ne cesse de te le répéter. Ce que j'ai heurté n'était pas une personne.

– OK, OK, s'est empressé de dire Kit. Relax. Je dis juste que c'est ce que les flics pensent. Et même si c'était la fille, il n'y avait pas le temps de freiner ou de braquer ou quoi que ce soit. C'est ce que je leur ai dit. Tu ne pouvais rien faire.

– C'était un animal, a affirmé Jamie. Un coyote.

Beth a posé la main sur le bras de Jamie. Il y avait de minuscules taches de peinture verte aux jointures de ses doigts.

– N'y pense plus. Quoi qu'il se soit passé, tu ne peux rien y changer maintenant.

Jamie a fixé ses doigts. Il n'a rien répondu.

Elle l'a lâché brusquement et nous a fait signe à Kit et moi.

– Si votre mère est d'accord, vous pouvez rester chez moi.

– Mais Jamie…

– Il doit suivre la police, a-t-elle dit en retournant à son camion.

Je me suis tournée vers mon frère. Il m'observait, le visage tendu.

– Je veux qu'on reste tous ensemble, j'ai répété.

Jamie a hoché la tête.

– Ça va aller, Luce. Allez-y.

– Mais…

– Vas-y.

J'ai touché sa main, mais il ne m'a pas regardée. Les deux policiers qui attendaient à présent à portée de voix étaient en train de nous écouter. J'ai suivi Beth jusqu'au camion.

Quelques minutes plus tard, Kit a ouvert la portière côté passager et s'est glissé sur le siège près de moi. Il s'est penché et a murmuré à mon oreille :

– T'inquiète pas. Ils font juste leurs trucs habituels. Ça ne signifie rien.

– Comment tu sais ? j'ai murmuré moi aussi, en fixant des yeux Jamie à travers le pare-brise mouillé. Comment tu sais ce qu'ils font ? Est-ce qu'ils l'arrêtent ? Il va aller en prison ?

Je sentais les larmes rouler sur mes joues. J'espérais qu'il faisait trop sombre pour que Kit le remarque.

– Non, Luce ! Putain. Arrête.

Le shérif s'est approché du côté de Kit et a posé une main sur la portière :

– Allez go, a-t-il dit. Mademoiselle Martinez, votre mère veut que vous l'appeliez dès votre arrivée chez madame Osway.

J'ai frotté mes joues mouillées et acquiescé, sans le regarder. Il a claqué la portière et ça a été comme si une barrière tombait, nous séparant, nous d'un côté et Jamie de l'autre. Les deux policiers le conduisaient vers l'une des voitures. Tandis qu'il s'éloignait, j'ai remarqué les angles formés par ses omoplates qui saillaient à travers son tee-shirt trempé, aussi fines et fragiles que des ailes.

chapitre 8

Le camion a avancé en cahotant dans l'allée de Beth et, une minute plus tard, nous étions chez elle. À l'intérieur, les chiens ont sauté contre les fenêtres en aboyant frénétiquement.

– Oh, bon sang, a marmonné Beth. Prenez vos sacs dans la voiture, nous a-t-elle dit, avant de sortir du camion en criant « Couché ! »

Quand elle a ouvert la porte, les chiens ont bondi tout autour de nous, en fourrant leurs truffes froides dans nos jambes. Beth les a repoussés.

– Non, Oscar ! Toronto, couché !

Kit et moi nous tenions dans l'entrée, sans savoir quoi faire.

– J'ai un lit d'appoint, m'a dit Beth. Tu peux dormir là.

Elle s'est tournée vers Kit :

– Je vais te rapporter des couvertures. Le tapis du bureau est plutôt épais.

Kit fixait le truc en métal à moitié peint qui trônait dans le salon.

– C'est quoi ça ? il a demandé.

– Une œuvre à laquelle je travaille.

– Ah ouais ? Comme une sculpture ?

Il s'est avancé et a posé sa main sur l'un des tuyaux.

– Ne touche à rien, a dit Beth. Ce n'est pas sec.

– C'est fait avec quoi ?

– Du métal. Des pièces de voitures. Des trucs que je trouve.

Kit a souri.

– On dirait un tas d'ordures.

J'étais sûre et certaine qu'il allait dire ça. Il avait manifestement retrouvé ses esprits, retour à la normale.

– Ce *sont* des ordures, a répondu Beth calmement.

Kit tournait autour.

– Qu'est-ce que vous allez faire avec ça ?

– C'est une commande. Elle sera installée dans l'aéroport d'Albuquerque, cet automne.

– Vous plaisantez ? Quelqu'un vous *paie* pour ça ?

Beth a disparu dans le couloir, en criant par-dessus son épaule :

– Pas mal d'argent, en fait.

Elle est revenue les bras chargés de couvertures et d'oreillers.

– Je sais qu'il est tard, mais y a-t-il quelqu'un que vous devriez appeler ? Vos parents ?

Kit a balancé son sac marin sur l'épaule et a fait un rapide signe de tête.

– Les miens sont pas là. J'essaierai de les appeler demain.

Tout d'un coup, j'ai ressenti le besoin pressant d'entendre la voix de ma mère, sa voix ferme et rassurante qui me rappelait de mettre de la crème solaire sur ma nuque et d'aider Jamie à lire la carte.

– Je dois appeler ma mère, j'ai dit.

Et j'ai pensé à Jamie.

– La réception n'est pas bonne ici, a fait Beth. Utilise le fixe dans la chambre.

– J'ai une carte de téléphone, j'ai ajouté précipitamment.

Elle m'a jeté un coup d'œil.

– Ne t'inquiète pas pour ça.

La chambre d'amis était une petite pièce avec un grand lit qui occupait presque tout l'espace. Les murs avaient été peints en bleu foncé, et il y avait une unique mais large fenêtre sans châssis qui encadrait la nuit du désert. Ce devait être comme de dormir en plein ciel. Hier encore, j'aurais aimé ça, ce sentiment de liberté, d'apesanteur. À présent je n'en étais pas si sûre.

– Si tu as froid, a ajouté Beth du couloir, il y a encore une couverture sous le lit.

J'ai poussé à moitié la porte pour me changer. Le bracelet a tinté quand ma veste est tombée par terre. Je l'ai sorti, l'ai fait tourner dans la lumière. Mais, en entendant Kit dans le couloir, je l'ai glissé en hâte dans la poche de mon sac à dos et en ai extirpé la carte de téléphone à la place.

Est-ce que Jamie aurait déjà parlé à notre mère, en l'appelant du poste de police ? J'ai frissonné en l'imaginant dans une cellule. Seul. Je me suis demandé ce qu'il aurait pu lui dire. À la maison, quand il me dénonçait pour une connerie quelconque, il racontait tout par le menu, distillant chaque détail croustillant au bon moment dans son récit pour maximiser l'indignation de ma mère. En général, je lui rendais la pareille. Mais là, c'était différent. Quelle que soit l'issue de la situation, on était embarqués ensemble. Je nous revoyais gamins, la fois où on avait cassé la gouttière en sautant du toit du garage, ou celle où on avait coincé un jeu de cartes dans le ventilateur pour faire des confettis. Cette fois j'étais quasiment sûre qu'il donnerait la version courte à notre mère, juste assez pour qu'elle comprenne.

Mais qui pouvait réellement comprendre ?

J'ai ouvert légèrement la fenêtre et un courant d'air frais m'a enveloppée. En frissonnant, j'ai rampé sous les couvertures et soulevé le téléphone de son socle près du lit, puis composé les chiffres en suivant la série d'instructions minuscules inscrites sur la carte téléphonique.

– Allô ? Elle a décroché à la première sonnerie.

J'ai tiré le téléphone sous la couette et l'ai pressé contre mon oreille.

– Maman ?

– Lucy ! Lucy.

Sa voix était rauque d'inquiétude. En l'entendant, j'ai eu l'impression qu'elle avait pris dix ans d'un seul coup. J'ai essayé de parler, mais les mots étaient coincés dans ma gorge.

– Maman…

– Oh, chérie.

Je pouvais deviner l'expression exacte de son visage, ce violent mélange d'amour et de peur qui, à chaque fois, me faisait me sentir encore plus mal que tout ce que j'avais pu m'infliger à moi-même. C'était insupportable.

J'ai fermé les yeux en grimaçant et j'ai tenté de conserver un ton normal.

– C'est bon, maman. Tout va bien.

– Lucy. Je n'arrive pas à croire ce qui s'est passé !

– Je sais. Mais ne t'inquiète pas. On va tous bien.

– Comment va Jamie ? Je viens juste de lui parler et il semble… On dirait qu'il n'est pas lui-même. Et *où* êtes-vous ? Dans la maison d'une inconnue. Je n'aime pas ça. Je n'aime pas ça du tout.

J'ai pensé à Beth.

– On est en sécurité, j'ai dit. La police la connaît. Elle habite près de la nationale et c'est la première maison qu'on a croisée, là où on est allés après l'accident. Elle… Elle essaie de nous aider.

J'ai entendu un bruit de pneus dans la cour, et une lumière orange a dansé sur le mur de la chambre. Les chiens se sont remis à aboyer. Puis des voix, basses, celle de Beth et quelqu'un d'autre, qui se mêlaient.

– Qu'est-ce qu'il y a ? a demandé ma mère brusquement. C'est quoi ce bruit ?

– La dépanneuse. Ils embarquent notre voiture.

Ma mère a soupiré.

– Je ne peux pas croire que vous soyez là-bas, tous seuls. Vous ne devriez pas avoir à gérer ça tous seuls.

Elle s'est tue un instant, puis d'une voix déterminée :

– Je vais appeler ton père. Il viendra vous chercher. Il n'a tout simplement pas le choix.

Je n'ai rien dit. Je savais que ça n'arriverait pas.

– Lucy, tu lui as parlé ?

– Non, mais je vais le faire, maman.

– OK, chérie. Bon, il est tard. Tu ferais bien d'aller te coucher. Tu dois être épuisée.

– Oui.

Je ne voulais pas raccrocher :

– Maman ?

– Quoi, chérie ?

Je ne pouvais m'empêcher de penser à la fille. Je voulais lui dire, ses yeux immenses et fixes, son bras formant un arc de cercle au-dessus de sa tête. Mais j'ai imaginé ma mère, toute seule dans sa maison, s'inquiétant pour nous, et j'ai gardé le silence.

– Bonne nuit, chérie. Oh, Lucy ?

– Oui ?

J'attendais, pleine d'espoir.

– Ce ne sera pas décompté sur la facture téléphonique de la dame, si ? As-tu utilisé la carte ?

J'ai soupiré.

– Oui, j'ai utilisé la carte.

– Bien. On se parle demain, OK ?

– OK.

J'ai resserré mes doigts sur le combiné.

– Maman ?

– Quoi, chérie ?

Le silence a crépité sur la ligne et je me voyais me battre inutilement contre lui, comme un papillon dans un bocal.

– Maman, tu crois que tu pourrais… Tu pourrais rester au téléphone pendant un petit moment ?

Je l'ai entendue sortir du lit dans un froissement, se rendre dans la cuisine. Sa voix s'est rapprochée, elle est devenue plus forte, quand elle a coincé le téléphone contre son épaule.

– Bien sûr, chérie. Je n'arrive pas à dormir de toute façon. Toi, essaie de te détendre. Je vais faire quelques factures.

J'ai roulé sur le côté et éteint la lumière. Dans l'obscurité, j'écoutais les bruits feutrés qui l'entouraient alors qu'elle déchirait des enveloppes et brassait des papiers, le grattement de son stylo, comme des échos lointains. Après un certain temps, elle a dit :

– Lucy ?

– Oui ?

– Ça va maintenant ? Je ne veux pas que tu utilises tout le crédit de la carte de téléphone. Tu vas réussir à dormir ?

– Je crois.

– Je te parlerai demain, chérie. D'accord ?

– D'accord. Salut.

J'ai sorti mon bras hors de la chaleur des couvertures et j'ai raccroché. La fenêtre semblait trop proche et trop grande, elle laissait entrer dans la chambre tout ce qui se trouvait au-dehors. J'ai contemplé l'obscurité, en pensant à la fille. Elle était peut-être quelque part, flottant dans l'air froid de ce silence planétaire.

chapitre 9

Je me suis réveillée dans le noir, en tremblant. Il y avait quelqu'un dans la pièce avec moi.

J'ai agrippé les draps, les serrant contre ma poitrine, et me suis alors aperçue que c'était le chien – le noir, Oscar. Il avait poussé la porte et, assis là, il m'observait, la langue pendante, en haletant doucement. Ses griffes ont cliqueté sur le sol et il a sauté sur le lit, en s'affalant bruyamment à côté de ma tête. Je sentais les pulsations de son haleine chaude, un peu écœurante. J'ai posé une main sur sa tête et j'ai caressé la fourrure soyeuse entre ses oreilles, lentement, jusqu'à ce que mon cœur cesse de battre à tout rompre.

J'avais rêvé d'elle. Dans le rêve, on était en train de conduire sous la pluie, cette pluie effroyable, mais cette fois-ci, on la voyait. Elle était juste devant nous, et Jamie essayait de freiner. Elle écartait grands les bras. Ses yeux étaient immenses et effrayants, et elle essayait de dire quelque chose. Dans le rêve, on freinait éternellement. Mais on la renversait quand même.

Je suis restée allongée à caresser le chien jusqu'à ce qu'il s'endorme. Le ciel au-dehors commençait à s'éclaircir. Sans bruit, je suis descendue du lit et j'ai ouvert la poche de mon sac à dos. J'y ai trouvé le bracelet à breloques. Je l'ai attrapé avec un doigt et je l'ai approché de la fenêtre. Il a étincelé dans le filet de lumière rose.

Je n'avais pas encore eu la possibilité de le regarder en détail. Il comportait quatre breloques en argent : un cœur comme celui de mon bracelet à la maison, un sablier, un fer à cheval et un coffre au trésor. D'une chiquenaude, le couvercle s'est ouvert laissant apparaître de minuscules pierres brillantes – juste du verre coloré, mais c'était joli : rouge, vert, violet. J'imaginais la fille en train de le choisir sur le présentoir d'un magasin, ravie par cette surprise.

Entre le sablier et le fer à cheval, un chaînon pendait dans le vide. J'ai fouillé dans la poche de ma veste et dans mon sac pour voir si la breloque manquante n'était pas tombée. Mais je ne l'ai pas trouvée. Elle était peut-être restée quelque part sur la route.

J'ai regardé le désert dehors, d'un rose gris dans la lumière du matin, hérissé d'arbustes et de rocs. Les flancs rouges et creusés des montagnes s'élevaient au loin. Il était trop tôt pour se lever. La maison était plongée dans le silence. J'ai pris le téléphone et tapé le code de la carte, puis le numéro de Ginny. Est-ce qu'il y avait une heure de décalage avec la maison ? Je ne savais plus.

– Allô ?

Sa voix était enrouée et étouffée. Peut-être qu'il était trop tôt là-bas aussi.

– C'est qui ?

– Moi. C'est moi, j'ai répondu en murmurant.

Le chien a dressé les oreilles et levé la tête, il m'observait.

– Lucy ? Putain.

Je pouvais l'entendre s'agiter sous les draps :

– T'es où ?

– Au Nouveau-Mexique. On a eu un accident.

– Quoi ?

Elle semblait réveillée maintenant :

– Que s'est-il passé ? Un accident de *voiture* ?

– Oui, un accident de voiture.

Je lui ai raconté brièvement, toujours en chuchotant. Je lui ai raconté pour la bière et la pluie et la fille allongée sur le bord de la route. Ça paraissait réel soudainement, toute cette histoire, comme si les mots la figeaient en une sorte de tableau, et en reculant un peu, on pouvait le contempler.

Quand je me suis arrêtée, Ginny a gardé le silence.

– Putain de merde ! a-t-elle fini par lâcher.

Voilà pourquoi je l'avais appelée. Elle disait toujours exactement ce que je ressentais.

– Qu'est-ce que vous allez *faire* ?

– Jamie est au poste de police. Ils doivent vérifier la voiture et je sais pas, d'autres trucs.

– Mais qu'est-ce qui va vous arriver ? Je veux dire, à Jamie ? C'est lui qui conduisait.

– J'en sais rien.

J'ai pensé à Jamie et au sourire dont il usait pour charmer tout le monde : Maddie Dilworth, Kristi Bendall, les serveuses dans les restaurants. Ça paraissait tellement loin.

Ginny a soufflé dans le téléphone, une longue bouffée d'air.

– Est-ce qu'il est en *prison* ? Je veux dire, ils l'ont arrêté ?

J'ai tressailli.

– Non ! Non. Dis pas ça. Ce n'était pas de sa faute.

– OK, OK.

– C'était un accident.

– Je sais. Je réfléchis juste.

– C'est Kit qui a acheté la bière.

Elle a grogné :

– Kit la trique.

J'ai entendu des pas dans le couloir.

– Je dois y aller, j'ai murmuré précipitamment en arrachant le bracelet au nid des couvertures.

– OK, appelle-moi plus tard.

– Oui, ai-je promis.

J'ai laissé tomber le bracelet dans mon sac à dos juste au moment où Beth a ouvert la porte.

– Tu es réveillée, a-t-elle constaté. Je cherchais Oscar.

Elle a claqué des doigts et il a bondi du lit, en frétillant de la queue.

– Je me doutais qu'il devait être là. Il considère que c'est sa chambre. J'aurais dû te dire de fermer le loquet de la porte.

– Pas de soucis. J'adore les chiens.

Elle s'est éloignée.

– C'est vrai ? Moi pas. Mais je me suis habituée à ces deux-là.

J'ai enfilé un jean et l'ai suivie dans la cuisine. C'était un espace tout en longueur et blanc, situé à l'arrière de la maison : des placards blancs, du carrelage blanc, une table de bois blanc dans un coin. Sur le comptoir, il y avait des bananes dans un bol ébréché rouge, la seule touche de couleur dans la pièce, excepté le carré de ciel pâle par la fenêtre.

Le désert semblait différent à présent, étincelant de couleurs. J'ai aperçu de minuscules bouquets de fleurs jaunes et des touffes de bourgeons de lavande.

– Eh, j'ai dit. Regardez.

Beth a souri.

– Le désert après l'orage. Tout pousse d'un seul coup. Les fleurs s'ouvrent et s'épanouissent en un jour, et tu peux voir des insectes et des animaux que tu n'imagines même pas vivre ici. Tout ça grâce à la pluie.

– Et ça dure combien de temps ?

– Pas longtemps. Il a fait très chaud ces derniers temps, bien plus que d'habitude. Tout va mourir aussitôt. Mais l'eau fait des choses merveilleuses dans un endroit aussi sec que celui-ci.

Le téléphone a sonné, un long et écrasant *drrrring*. Beth a décroché le combiné du mur.

– Allô ? Oh, bonjour Stan. Tu es matinal. Oui, elle est juste là. Il dort encore. Oh, OK. Ce n'est pas un problème. Vers dix heures ? OK. Pardon ? Non, je ne pense pas. Pourquoi tu ne demandes pas à Lucy ?

Elle m'a tendu le combiné.

J'ai dégluti, nerveuse tout à coup. Qu'est-ce qui allait encore nous tomber dessus ?

– Allô ?

– Mademoiselle Martinez ? Shérif Durrell à l'appareil. Je voulais juste vérifier quelque chose. La nuit dernière, aucun de vous trois n'a pris d'affaires à la victime, si ?

Il savait pour le bracelet. Mais comment ?

J'ai entortillé une main dans mon tee-shirt et tourné le dos à Beth pour qu'elle ne voie pas mon visage.

– Euh, j'ai dit, en essayant de conserver une voix normale. Comment ça ?

– Eh bien, d'après ce que votre frère Jamie et l'autre garçon… Il a hésité. Frede…

– Kit, j'ai dit.

– C'est ça, Kit. D'après leur déposition, aucun de vous n'a déplacé la victime ?

– Non, on ne l'a pas touchée, j'ai dit précipitamment. Je veux dire, j'ai baissé son tee-shirt parce qu'on voyait son ventre, mais…

– Si je vous demande cela, c'est parce qu'on n'a pas trouvé de carte d'identité sur elle. Pas de porte-monnaie, pas de permis de conduire, pas de sac à main, aucune affaire personnelle. C'est, disons, plutôt inhabituel, et ça va nous compliquer la tâche. Je me demandais si vous ou les garçons n'aviez pas ramassé quelque chose sur les lieux. Quelque chose qui appartiendrait à la victime. Il a hésité. Je comprends que vous ayez pu être bouleversés et peut-être que vous n'avez pas réalisé…

Il attendait que je dise quelque chose.

Mais j'en étais incapable. Il ne cherchait pas le bracelet, de toute façon. Il cherchait quelque chose où serait inscrit son nom. Le bracelet n'intéressait personne sauf moi.

– Non, j'ai dit. Elle était comme ça quand on l'a trouvée.

– Mmmm. Bien, OK donc. On a inspecté la voiture, et l'on devrait recevoir le rapport préliminaire du coroner d'ici quelques heures. J'ai prévenu madame Osway que je relaxais votre frère, pour le moment.

– C'est vrai ? J'ai serré le combiné, l'estomac noué, pleine d'espoir. Il peut partir ?

– Non, il ne doit pas quitter le secteur. Mais son taux d'alcoolémie s'est avéré négatif et tout le reste a été contrôlé. Nous n'avons pas besoin de le garder ici, au poste, dans la mesure où je sais où le joindre.

Il a marqué un temps :

– Je vous verrai plus tard, mademoiselle Martinez.

– D'accord. Au revoir.

J'ai raccroché et me suis tournée vers Beth qui m'observait.

– Il a dit que Jamie pouvait sortir.

Elle a acquiescé.

– Oui, on peut passer le chercher vers dix heures. C'est bien. J'imagine que l'éthylotest s'est bien passé.

– Alors ils savent que ce n'était pas sa faute ? Ils ne vont pas, je sais pas, porter plainte contre lui ?

Elle versait du café dans deux tasses.

– Ce n'est pas ce qu'il a dit, a-t-elle souligné avec prudence.

– Mais vous ne pensez pas…

– Je pense que c'est une bonne chose qu'ils le libèrent. Elle me regardait avec cette expression pénétrante dont elle semblait ne jamais se départir, pas vraiment sympathique. Une expression pas même polie, simplement attentive, qui semblait évaluer sans cesse les choses.

– Mais je ne tirerais pas de conclusions. Il y a un mort.

J'ai tressailli.

Elle a poussé vers moi une des tasses sur le comptoir que j'ai saisie à deux mains. Elle gardait le silence. J'ai senti la vapeur amère. Ça m'a fait penser à ma mère en train de préparer le petit déjeuner, à la maison. Je ne buvais pas de café d'habitude, mais là je l'ai goûté, craignant, je ne sais pas pourquoi, de refuser. Et je me suis brûlé la langue.

J'ai essayé de trouver un autre sujet de conversation.

– Ça fait combien de temps que vous vivez ici ?

– Neuf ans. Je viens de Détroit.

– Ah bon ? Toute seule ? Vous n'avez pas de mari ou d'enfants ou autre ?

– Non. Je suis divorcée. Il a pris la maison, j'ai gardé les chiens.

– Mais vous disiez que vous n'aimiez pas les chiens.

– Exact. C'est ça le divorce. Vous gardez chacun la moitié des affaires, mais pas celle que vous voulez.

Elle a esquissé un sourire et, d'une main, a ramené ses cheveux derrière ses oreilles :

– Je me suis habituée à eux.

J'imaginais à quoi pouvait ressembler ce lieu la nuit, aussi vaste et sans fond que l'océan. Je ne la voyais pas vivre seule ici.

– Vous n'avez pas peur ? Toute seule ici ?

Beth sirotait son café.

– Non, pas vraiment. Les chiens sont trop gentils pour servir de gardiens, mais ils font beaucoup de bruit. Elle a jeté un regard par la fenêtre. J'aime cet endroit. C'est calme. Et une fois que vous vous y êtes fait, le désert est magnifique.

– Mais tellement vide, j'ai dit.

Beth a acquiescé.

– En effet. Mais il change, par petites touches, tout le temps. Et ce n'est pas... plein de distractions, comme peuvent l'être tant d'autres endroits.

J'ai pensé à ma propre ville, à quelques kilomètres

de Kansas City. Elle ne semblait pas pleine de distractions. Juste habitée. Des routes, des maisons, des fermes, un réseau de vies, de gens. Ça me manquait, cette façon dont tout était interconnecté.

J'ai laissé ma tasse dans l'évier.

– Je vais voir si Kit est réveillé.

Lui et Jamie peuvent dormir jusqu'à midi si personne ne les réveille. J'ai essayé chacune des portes closes du couloir – deux placards, une chambre à coucher, une salle de bains – avant de trouver celle du bureau où Kit était étendu par terre, en travers d'un tas informe et bosselé de couvertures. Couché sur le dos, ses cheveux bouclant sur son front et la bouche grande ouverte. Si vous ne connaissez pas Kit, vous le trouvez mignon. Mais sa personnalité gâche tout.

– Eh, j'ai lancé dans le silence. Eh ! Debout !

Je lui ai filé un petit coup de pied. Il a roulé sur le côté.

– Kit, j'ai dit. Réveille-toi, on va bientôt aller chercher Jamie.

Enfin, pas tout à fait. Plutôt dans deux heures, mais il n'avait pas besoin de le savoir. J'en avais assez de faire la conversation avec Beth.

– La police le libère, il peut rentrer.

Kit a ouvert les yeux. Il s'est redressé sur un coude, en se frottant les cheveux.

– Ah ouais ? Qu'est-ce qui s'est passé ?

Il a regardé sa montre, puis s'est renfoncé dans

l'oreiller :

– Holà, il est tôt.

Je l'ai poussé à nouveau du pied.

– Tu dois te lever.

– Arrête de me taper.

– Allez. Tu ne veux pas aller chercher Jamie ?

– Ouais, ouais, bien sûr, il a marmonné. Mais, merde, on est obligés d'y aller maintenant ?

– Bientôt, j'ai répété. Allez, Beth a fait du café.

Pour une raison que j'ignore, il n'a pas posé d'autres questions. Il s'est assis et s'est étiré, écartant les bras dans un mouvement exagéré, comme quelqu'un qui se réveillerait après une longue hibernation. Il a retiré son tee-shirt d'un seul geste rapide et quand j'ai cligné des yeux et reculé, en essayant de ne pas le regarder, je l'ai vu sourire.

chapitre 10

Le poste de police était à une demi-heure, en direction d'Albuquerque. J'étais contente qu'on n'ait pas à repasser par l'endroit où on avait trouvé la fille. Mais je n'étais même pas sûre de pouvoir le reconnaître. Le paysage semblait différent à la lumière du jour, pas aussi menaçant. La poussière, couleur saumon, était parsemée de petits arbustes et d'herbes duveteuses. Beth conduisait vite, bien au-delà de la limite autorisée, une main posée nonchalamment sur le volant. Kit ne cessait de regarder le compteur , impressionné. Il a essayé de lui parler à deux ou trois reprises, mais elle lui répondait à peine.

– Donc vous connaissez un peu ces flics, hein ? il a demandé à un moment.

– Qu'est-ce que tu veux dire ?

– Eh bien, vous semblez être amis.

– C'est une petite communauté. Tout le monde connaît tout le monde.

– Mais le shérif, on dirait qu'il…

– On a été ensemble pendant un moment.

– Oh, Kit l'a regardée, intéressé. *Oh*.

Je lui ai filé un coup, mais il s'est contenté de sourire, satisfait. Beth n'a rien ajouté. Nous étions dans une ville tout à coup, ou ce qui devait passer pour une ville dans un endroit comme celui-ci. Un groupe de bâtiments plutôt bas, deux stations-service, une épicerie. Le poste de police était un bâtiment à la façade blanche et terne, à proximité de la route.

– Attendez-moi là, a lancé Beth en claquant la portière et en traversant le parking à grands pas.

– Tu vois, tu l'as énervée, j'ai reproché à Kit. Pourquoi tu lui as posé toutes ces questions ?

– Je savais qu'il y avait un truc entre elle et ce flic. Je capte toujours ce genre de choses.

– Ah, ouais, qu'est-ce que t'es perspicace, j'ai ironisé en roulant des yeux.

– Eh oui. Au moins pour ça.

Quand Jamie a passé la porte avec Beth, mon cœur s'est serré. Il était là, avec son tee-shirt froissé de la nuit dernière. Ses cheveux emmêlés faisaient des épis, comme tous les matins au réveil. Mais il avait l'air changé. Ses épaules étaient voûtées. Ses yeux trop brillants.

– Salut, a-t-il dit en montant du côté de Beth. Salut, les gars, il a répété.

La cabine du camion était large, mais pas assez pour quatre. Je me suis retrouvée écrasée entre Jamie et Kit, comprimée entre leurs épaules.

J'ai saisi Jamie par le bras.

– Tu vas bien ? Jamie ? Que s'est-il passé ?

Il ne me regardait pas.

– Ça va.

– Mais qu'est-ce qu'ils t'ont fait ? Tu étais dans une cellule ?

Il s'est renfrogné en fixant à travers le pare-brise.

– Qu'est-ce qu'il y a ?

J'essayais de forcer son regard, mais il esquivait.

– Rien. J'ai juste… Je suis juste fatigué. Je n'ai pas beaucoup dormi.

– Mais est-ce qu'ils ont…

– J'ai pas envie d'en parler, OK ?

J'ai scruté son visage.

– OK.

Il est resté silencieux un instant. Il n'arrêtait pas de jeter des coups d'œil à Beth et son regard tendu et inquiet a subitement changé. Je le voyais, il essayait d'évacuer ce sentiment d'étrangeté qui l'avait envahi. Il forçait son ancien moi à refaire surface. Il a arqué un peu le dos, en s'étirant et a dit à Beth :

– Vous avez déjà ramené autant de monde à la fois ?

– Non, a dit Beth. C'est plutôt étroit.

– Ça va libérer de l'espace.

Jamie a levé un bras et l'a posé le long du siège, derrière les épaules de Beth.

Beth l'a dévisagé, mais n'a rien dit.

Je n'arrivais pas à le croire. Pendant un instant j'ai pensé que je me trompais. Mais non, son expression, la manière dont il laissait pendre sa main près de son bras à elle. Elle avait quoi, vingt ans de plus que lui ? Et lui, il sortait juste d'une garde à vue pour meurtre, non ? Ou quelque chose de ce genre. Mais il était là, à draguer une femme qui avait presque l'âge de notre mère. Je lui ai enfoncé un coude dans les côtes.

– Aïe ! Eh ! Pourquoi tu fais ça ? il s'est exclamé.

– Désolée, j'ai murmuré. J'essayais juste de me faire un peu de place.

À côté de moi, Kit a réprimé un rire.

De retour chez elle, Beth s'est éloignée l'air préoccupé.

– J'ai du travail. Servez-vous si vous avez besoin de quoi que ce soit.

Elle a noué ses cheveux en une tresse épaisse qu'elle a enroulée derrière sa tête. Puis elle a glissé un pinceau dedans pour maintenir le tout en place.

– Comment vous faites ça ? a demandé Kit, en l'observant.

– Des années de pratique.

Il lui a souri.

– Vous avez de beaux cheveux.

Elle a tiqué, et l'a regardé avec curiosité.

– Merci.

– Jamie, j'ai dit, en essayant d'attirer son attention. On devrait appeler papa.

Il a hésité.

– Ouais. Peut-être que tu peux le faire, toi ? Dis-lui qu'on ne sera probablement pas là-bas ce soir.

Je suis retournée dans la chambre à coucher et dès que j'ai ouvert la porte, les chiens, enfermés à l'intérieur, se sont précipités dehors, en reniflant et en gémissant. Ils ont couru vers le salon, et j'ai entendu Beth crier après eux. Je me suis assise au bord du lit pour taper le numéro du bureau de mon père. Il ne serait pas au boulot ; il n'y était presque jamais. Il était représentant commercial pour une compagnie d'assurances et passait la moitié de son temps sur la route.

J'ai écouté les quatre bips de son répondeur, puis l'amabilité professionnelle de sa voix : « Vous êtes bien sur la messagerie de Bob Martinez. Je suis actuellement en déplacement, mais laissez-moi un message et je vous rappellerai dès que possible. »

J'ai pris une grande inspiration. « Papa ? C'est moi, Lucy. On t'appelle du Nouveau-Mexique, d'un patelin près d'Albuquerque. On... » J'essayais de réfléchir, comment j'allais tourner les choses. « On a eu une sorte d'accident, tu vois, avec la voiture. Personne n'est blessé... » De nouveau j'ai inspiré profondément. « Enfin, nous, on n'est pas blessés, mais on pense avoir renversé quelqu'un, une fille, et elle est... » Je froissais l'ourlet de mon tee-shirt, le pressant contre mon ventre. « On ne sait pas vraiment ce qui s'est passé. Il pleuvait tellement fort, on ne voyait rien. Mais elle est morte. La fille est morte. Donc pour l'instant on est là et on a parlé à la police. Et maman a dit, euh, maman se demande si peut-être tu pouvais venir... »

À peine ai-je dit ça que je l'ai regretté. Je ne voulais rien lui demander pour ne pas l'entendre dire non, même s'il invoquait une raison valable, pour ne pas qu'il nous explique que ce serait plus pratique qu'il reste à Phoenix et qu'on se débrouille de notre côté. J'ai rapproché le téléphone. « Mais, euh, tu n'as probablement pas besoin de le faire. Je veux dire, on est dans la maison de cette femme et maintenant la situation est en quelque sorte maîtrisée. On ne sera pas à Phoenix ce soir. On doit rester jusque... » Une longue tonalité grincheuse m'a interrompue. La messagerie s'est coupée dans un déclic.

J'ai rapporté le téléphone au salon. Une odeur de peinture fraîche l'avait envahi. Beth était agenouillée sur la bâche pleine de taches, le visage concentré. Elle avait un pinceau dans une main et tamponnait le bas de la sculpture de turquoise.

– C'est joli, j'ai dit. Cette couleur.

Elle n'a pas relevé. Jamie et Kit étaient sur le canapé, en train de l'observer.

– Tu l'as eu ? a demandé Jamie.

J'ai fait non de la tête.

– Je lui ai laissé un message.

– Ça va. On peut réessayer plus tard.

J'ai tendu le téléphone à Kit.

– Tu veux appeler tes parents maintenant ?

Kit a donné un coup de pied dans une pile de journaux.

– Peut-être plus tard.

Je suis passée devant eux et me suis assise par terre, près de la pièce de métal toute tordue qui servait de base à la sculpture. C'était difficile de deviner de quoi elle était faite, mais en regardant de plus près, je pouvais voir un tuyau d'échappement, deux plaques d'immatriculation cabossées et un truc qui ressemblait à une grille de barbecue.

– Quand pensez-vous que nous pourrons récupérer notre voiture ? j'ai demandé.

Jamie a froncé les sourcils :

– Quand ils auront les résultats du labo, j'imagine.

– Ils ont… J'ai avalé ma salive. Ils ont dit quelque chose au sujet de la bière ? Ils vont te… t'arrêter ou je sais quoi ?

Kit a soufflé bruyamment.

– Putain, t'es tellement négative.

Il s'est tourné vers Jamie :

– Je comprends maintenant pourquoi tu ne voulais pas faire la route tout seul avec elle.

J'ai regardé Jamie, piquée au vif. Mais il nous ignorait, il observait Beth :

– Alors, pourquoi vous utilisez des morceaux de voitures et des tuyaux et tout ça ?

Elle peignait avec de grands traits vifs sur le métal.

– J'aime réutiliser les choses dont les gens se débarrassent.

Kit avait coincé la feuille d'un journal sous son pied et la faisait glisser d'avant en arrière sur le sol :

– Pourquoi ça ? Enfin, j'ai déjà vu des œuvres comme ça, en métal. Vous pourriez vous procurer une plaque d'acier en Inox toute neuve et faire quelque chose de vraiment cool avec. Au lieu de cette merde avec de vieilles plaques d'immatriculation.

Jamie lui a donné une tape sur l'épaule :

– La ferme.

– Eh, a dit Kit, en se frottant l'épaule. Je posais simplement la question.

Beth s'est assise sur ses talons et a calé le pinceau entre son pouce et son index. Elle a regardé Kit puis Jamie.

– C'est bon. Chacun a le droit d'avoir son opinion. Ça ne parle pas à tout le monde.

– Qu'est-ce que c'est ? j'ai demandé. Comment ça s'appelle ?

– L'arbre de Josué. Je réalise des formes naturelles. C'est tout l'enjeu. Recréer de la nature à partir de machines.

Je comprenais à présent. Le tronc noueux, la façon dont les pièces de métal rendaient la texture, les racines, l'écorce.

Jamie s'est penché en avant en lui souriant.

– J'aime bien. C'est unique.

Beth a haussé les épaules.

– C'est juste la base. Je le construis morceau par morceau.

Kit a incliné la tête :

– Ça ressemble pas à un arbre.

– Quand j'assemblerai le tout, si.

– Mais je comprends toujours pas. Pourquoi vous utilisez cette camelote ?

Beth l'a examiné un instant. Elle devait se demander si ça valait ou non la peine de discuter avec lui. J'avais envie de la prévenir qu'elle perdait son temps.

Elle est retournée à sa peinture. La regarder était hypnotisant. Sa main était si sûre de ce qu'elle faisait. J'ai appuyé ma tête contre le canapé.

– C'est assez abstrait, a-t-elle dit. Une façon de voir les choses.

Elle a hésité :

– On est entouré par tant de laideur, tu vois ? Ce qu'on peut voir sur les routes, sur les trottoirs des villes, planqué derrière les garages des gens. Tous ces rebuts. Il n'y a rien de tout ça dans la nature. Rien d'aussi laid.

Kit a regardé Jamie.

– Elle n'a pas vu Lisa Becker.

Je lui ai flanqué un coup de poing sur la jambe :

– Tais-toi, Kit.

Il s'est retourné, agacé.

– Quoi ? C'est pas ton amie que je sache.

Beth a juste hoché la tête et abandonné la partie. Mais Jamie l'observait toujours :

– Continuez. Finissez ce que vous étiez en train de dire.

Elle a soupiré.

– Je ne sais pas. C'est difficile à expliquer. Depuis que j'ai commencé, ça a modifié ma façon de voir les choses. Maintenant, quand je remarque une canette écrasée sur le bord de la route, je ne vois pas le déchet de quelqu'un, je vois le potentiel pour…

Elle s'est interrompue.

– Une sculpture ? a demandé Jamie.

– Eh bien, oui. De l'art.

Beth lui a souri, un large sourire qui a éclairé tout son visage.

– Si on regarde assez longtemps la chose la plus ordinaire, elle peut paraître magnifique.

– Hum, a dit Kit. Il n'avait pas l'air impressionné. Et on vous paie pour ces trucs ? Vous gagnez votre vie en faisant ça ?

– Oui, en quelque sorte. Je donne des cours d'art la moitié de l'année.

– C'est vrai ? Jamie s'est penché en avant. Vous enseignez ? Je parie que vous êtes douée pour ça.

Beth l'a regardé.

– Pourquoi ?

Je l'ai toisé, c'était débile. Il utilisait ses vieilles astuces habituelles avec cette femme d'un certain âge, qui s'en fichait.

– Je veux juste dire, vous êtes tellement bonne en peinture et ces choses-là, j'imagine que vous êtes aussi douée pour l'expliquer à d'autres.

Elle a haussé les épaules.

– Ce sont deux compétences différentes. Je ne suis pas aussi douée pour l'enseignement que pour la peinture. Je n'aime pas vraiment avoir affaire aux gens.

Jamie, Kit et moi on s'est regardés. Ça nous a coupé la chique.

chapitre 11

Au bout d'un moment Jamie a dit :

– Est-ce que je pourrais prendre une douche ? Je me sens plutôt dégueulasse après la nuit d'hier.

– Bien sûr. Il y a des serviettes propres dans le placard de la salle de bains.

Kit et moi on est restés silencieux, à observer la sculpture qui se transformait sous les coups de peinture de Beth. Enfin le lointain chuintement de la douche a cessé et Jamie a crié :

– Vous avez sorti mon sac de la voiture hier ?

– Ouais, il est dans le bureau, a dit Kit.

Il s'est levé et a pris le couloir. Une minute après, je l'ai suivi.

Jamie sortait de la salle de bains en se séchant les cheveux avec une serviette.

– Beth est toujours en train de peindre ? il a demandé.

J'ai reconnu l'expression sur son visage, cette espèce de vivacité enthousiaste, exactement comme lorsque lui et Kit parlaient des filles qu'ils aimaient bien.

– Jamie, elle doit avoir dans les trente ans, j'ai soufflé, choquée, écœurée.

Il a paru agacé.

– De quoi tu parles ?

– Je parle de toi qui dragues Beth, crétin. Qu'est-ce que tu fabriques à toujours lui parler ? T'as essayé de passer ton bras autour d'elle dans le camion.

– C'est pas vrai !

Kit a ri.

– Et alors ? Elle est plutôt canon. Elle a ce truc des femmes plus âgées.

Ils étaient incroyables. Dans les restaurants et les stations-service, passe encore. On ne reverrait jamais ces gens. Mais on était dans la maison de cette femme.

– Elle a des cheveux gris, j'ai dit, consternée.

Kit a réfléchi un petit instant, puis a haussé les épaules en regardant Jamie.

– Ouais, il a dit. Elle a peut-être la peau un peu flasque. Et elle a fait chier pour la bière.

Jamie a roulé en boule la serviette humide dans sa main.

– Dégage, Luce. Qu'est-ce que ça peut te faire de toute façon ? Je ne la drague pas. Je l'aime bien, c'est tout.

J'ai tourné les talons.

– Depuis quand t'aimes quelqu'un sans la draguer ?

– Oh, fous-moi la paix.

Kit a ri à nouveau, m'a attrapée par les épaules et m'a poussée tout le long du couloir.

– Ouais, fiche-lui la paix. T'es trop jeune pour comprendre.

Ça m'a mise tellement en rogne que j'ai décidé de ne plus leur parler. Mais ils n'ont pas eu l'air de le remarquer. Ils se sont dirigés vers la cuisine et Jamie a appelé Beth :

– Eh, vous pouvez faire un break ? Vous voulez un café ?

– Est-ce que ça signifie que je dois vous faire un café ? a crié Beth en retour.

Jamie a ri.

– Oui. Ça vous ennuie ?

Et aussi étonnant que ça puisse paraître, ça ne l'ennuyait pas. Elle s'est rincé les mains dans l'évier de la cuisine, alors Jamie et Kit ont passé immédiatement à la vitesse supérieure, tous les deux. Ils souriaient et bavardaient, la complimentaient à propos de sa sculpture, de la maison, du café. C'était dingue. Comment osaient-ils vu notre situation et les ennuis qui s'amoncelaient ? Comment pouvaient-ils retrouver leur légèreté, rallumée comme si on appuyait sur un bouton, alors qu'une fille était morte ?

Beth semblait penser la même chose, parce qu'en leur versant le café, elle a lancé :

– La police appellera plus tard. Lucy vous l'a dit ? Quand ils en auront fini avec la voiture.

Jamie s'est crispé, en acquiesçant. Kit a fixé la table.

– Cette fille, a-t-elle poursuivi, elle n'était pas beaucoup plus âgée que vous. Mais il y a quelque chose d'étrange dans cette histoire. Elle était à des kilomètres de tout, et personne ne marche le long de la nationale comme ça. Je me demande d'où elle venait.

– Elle n'avait pas l'air amoché non plus, a dit Kit. Si une voiture l'avait heurtée, elle aurait eu des marques, non ?

Jamie s'est renfrogné, a voulu dire quelque chose mais Beth a été plus rapide.

– Je ne sais pas. Si elle a été renversée et éjectée, les blessures peuvent être surtout internes.

On a pensé à elle, en silence. D'où venait-elle ? Peut-être que quelqu'un s'était réveillé ce matin, à qui elle manquait, qui s'inquiétait pour elle. Qui ignorait qu'elle ne reviendrait jamais.

– Asseyez-vous, a dit Jamie à Beth en tirant une chaise de dessous la table.

Beth a refusé d'un signe de tête.

– J'y retourne.

– Allez. Asseyez-vous avec nous.

Il a appelé la chienne brune, Toronto, lui a ébouriffé les oreilles pendant qu'elle s'appuyait contre sa jambe.

Beth a hésité, mais Kit a rempli sa tasse à nouveau :

– Oh, allez, qu'est-ce que vous allez faire, planter un autre enjoliveur dans ce truc ?

Elle aurait dû mal le prendre, non ? Quand même, il parlait de son travail, de son art. Mais pour une raison ou une autre, ça l'a fait rire. Et quand elle riait, elle avait l'air encore plus jolie.

Beth a regardé tour à tour Kit puis Jamie et a demandé :

– Ça fait longtemps que vous vous connaissez ?

Jamie l'a prise par le bras, en lui souriant, et l'a fait s'asseoir, de sorte qu'elle était cernée par eux deux. Puis ils ont commencé à dévider leurs histoires. Leurs trucs de vous-n'allez-jamais-croire-ce-qu'on-a-fait. Je les avais tous entendus : les tours et les anecdotes qui se terminaient bien *in extremis*, les effets d'annonces quand ils disaient le truc parfaitement hilarant juste au bon moment. C'était trop, tout d'un coup. Ils y allaient à fond, mais encore plus que d'habitude. C'était un show.

Je me suis sentie disparaître, petit à petit, me fondre dans le décor. Alors je me suis éclipsée. Je suis retournée dans la chambre et j'ai pris mon carnet de croquis. Puis je me suis assise dans le couloir près de la porte, tout en les écoutant parler. Je ne savais pas quoi dessiner, mais j'ai jeté quelques lignes rapides sur la page et, au bout d'un moment, j'ai réalisé que je dessinais son visage. La fille.

Dans la cuisine, Jamie était en train de dire :

– Digger, c'est le dirlo, enfin monsieur DiGennaro, est une sacrée peau de vache. Il a annulé le voyage à Chicago de la chorale des terminales parce que trois mecs avaient été gaulés en train de boire…

Kit a grogné :

– Ouais, *après* l'école, et dans leur propre voiture. C'était totalement faux.

Beth paraissait confuse.

– Attendez, vous deux vous êtes dans la chorale ?

Ils ont ri.

– Ça va pas, a fait Kit. C'est tous des nazes. Mais on peut pas blairer Digger.

– Ouais, a dit Jamie, en se penchant en avant. Donc, écoutez ça, Digger vient juste d'avoir sa nouvelle voiture, une Acura, une belle caisse, il était complètement emballé…

Kit l'a coupé :

– Et il y avait une réunion universitaire avant les cours, donc on s'est pointés tôt, et on a acheté, quoi, quatre paquets de biscuits Oreos…

Jamie s'est mis à rire.

– Et là sur le parking, on a Oreo-ifié sa voiture. Ouais, on a séparé en deux chaque biscuit et, avec la crème à l'intérieur, on les a collés partout sur ses vitres. C'était génial.

La voix de Beth montait dans les aigus, pleine d'étonnement.

– La voiture du principal ? Et vous ne vous êtes pas fait prendre ?

– C'était rien ça, a dit Kit.

J'ai jeté un coup œil dans l'encadrement de la porte et j'ai observé leur étrange chorégraphie, ils se donnaient la réplique, l'un finissant la phrase de l'autre, jouant leur numéro pour Beth comme si c'était la seule personne au monde. Elle riait, mais je ne pouvais pas dire si c'était à cause des histoires ou de Jamie et Kit.

Jamie a fait un large sourire à Kit.

– Tu te souviens des toilettes dans la salle des profs ?

Kit s'est balancé sur sa chaise et a sifflé.

– Oh, mon Dieu, c'était extra. C'était splendide.

– Quoi ? a demandé Beth. Qu'avez-vous fait ?

Jamie s'est penché vers elle.

– Vous allez adorer. On s'est faufilés dans la salle des profs avant l'école et on a collé de la Cellophane sur les toilettes, entre le siège et la cuvette. On l'a tellement tendu qu'il était complètement invisible.

– Non, a protesté Beth, en couvrant sa bouche d'une main.

Jamie était mort de rire.

– Impossible de le remarquer. Tu te souviens, Kit ? Madame Bottner, ça l'a complètement foutue en rogne !

– Ouais, elle arrivait plus à *se contenir*, a ajouté Kit.

Je ne pouvais pas croire qu'ils lui racontaient ça ou qu'elle puisse trouver ça drôle.

J'avais toujours cru que draguer était plus évident, comme ces répliques que les gens s'échangent dans les films, en jouant des sourcils et avec de longs regards appuyés. Mais avec Kit et Jamie, c'était différent, une manière de prêter attention à l'autre et de transformer une banale conversation en un moment de connivence intime.

Toronto s'est dressée précipitamment sur ses pattes, les oreilles en alerte. Je me suis levée et j'ai regardé par la fenêtre de la cuisine.

– Eh, j'ai dit.

Ils se sont interrompus et tournés vers moi. J'ai fait un signe vers la fenêtre. Une voiture de police se dirigeait vers la maison, son capot rutilait sous le soleil.

chapitre 12

Le silence soudain dans la cuisine était étrange après le flot bruyant de leur conversation. Le visage de Jamie avait perdu toute expression. Il fixait le sol.

Beth s'est levée.

– Je me demande ce qu'ils veulent.

Les chiens se sont mis à aboyer et à bondir, en filant devant nous vers le hall d'entrée. Beth les a retenus par le col. Elle les a injuriés et les a bouclés dans la chambre où j'avais dormi.

Le shérif Durrell attendait sous le porche. Ses lunettes de soleil métallisées cachaient ses yeux. En le regardant, la seule chose que je pouvais voir c'était mon reflet distordu : un visage large et flou surmontant un corps minuscule.

– Bonjour, tout le monde, a-t-il dit. Je peux vous parler un instant ?

Jamie, calme à présent, a acquiescé, et on est sortis en clignant des yeux, pieds nus, dans la cour. Le soleil était haut et le sable d'un rouge cuivré, impitoyable, nous a aveuglés.

– Nous avons effectué des prélèvements sur votre voiture, a annoncé le shérif. On devrait connaître les résultats dans quelques heures. La pluie a quasiment effacé la plupart des traces, mais on a quelque chose sur le pare-chocs.

Qu'est-ce que ça pouvait être ? Qu'avait-il trouvé ? Je pouvais sentir le changement dans l'air, une tension qui n'était pas là avant.

Il a regardé Jamie.

– Je veux que vous me racontiez à nouveau ce que vous avez vu. Où s'est fait l'impact.

Il s'est éloigné avec Jamie. Tout ce que je pouvais entendre, c'était des paroles étouffées. Beth se tenait près de moi, tripotant le pinceau dans ses cheveux.

– Vous n'allez nulle part, compris ? a dit le shérif. Il s'est tourné vers Beth. Ils vont avoir besoin de trouver un autre endroit pour dormir.

Beth observait Jamie.

– C'est bon, a-t-elle dit enfin. Ils peuvent rester ici une nuit ou deux de plus. Peu importe.

– Merci, a fait Jamie doucement.

Le shérif a froncé les sourcils. Je me demandais à quoi il pensait. Qu'on allait tenter de se tirer ? Personne ne nous connaissait ici.

– Très bien, a-t-il conclu. Je vous recontacte plus tard dans l'après-midi.

Une main en visière, Kit a suivi le shérif des yeux quand il s'est éloigné. Je pensais aux canettes de bière, éparpillées dans les buissons quelque part.

Je me demandais si on pouvait les apercevoir de la route.

– Pff, qu'est-ce qu'il fait chaud, a lancé Kit. Jamie, tu veux sortir un petit moment ? Aller déjeuner quelque part ?

Jamie a acquiescé.

– Carrément, mais on n'a pas de voiture.

Beth lui a jeté un coup d'œil, puis haussé les épaules.

– Vous pouvez prendre le camion, c'est bon.

Jamie a souri.

– Vraiment ? Merci. Est-ce qu'il y a un restaurant par ici ?

– Oui, à seize kilomètres environ à l'ouest, sur la gauche.

J'ai grimpé les marches du porche en m'essuyant les pieds.

– Je dois prendre mes sandales.

Kit a fait une grimace à Jamie en pensant que je ne le voyais pas, mais je l'avais vu, bien sûr.

– Euh… Pourquoi tu ne restes pas là ? On te rapporte quelque chose.

Les joues me chauffaient. Je me suis sentie stupide.

– OK, j'ai dit rapidement. Prenez-moi un sandwich à la dinde.

Jamie ne semblait rien remarquer.

– Beth ? Vous ne voulez rien ?

Elle a fait non de la tête et a lancé les clés à Jamie.

– Conduisez prudemment.

Une fois rentrées, Beth est retournée à sa peinture tandis que, le menton appuyé sur le dos du canapé, je les ai regardés partir. Je les voyais rire tous les deux dans la cabine du camion.

– Tu veux un soda ? elle m'a demandé.

Elle essayait d'être sympa. Mais j'étais gênée qu'elle ait pu voir comment il m'avait traitée.

– Non, ça va, j'ai répondu.

J'ai récupéré mon carnet de croquis dans le couloir et l'ai glissé sur mes genoux. J'ai regardé le portrait de la fille. J'avais terminé ses cheveux et son cou, le contour de son visage. J'ai attaqué les yeux.

– Tu aimes dessiner ? a demandé Beth après un moment.

J'ai acquiescé.

– Quel genre de choses ?

J'ai haussé les épaules.

– Des animaux, des gens. Parfois des lieux.

– Qu'est-ce que tu préfères dessiner ?

J'ai réfléchi une minute.

– Les visages, je crois.

– Ah oui ? Beth a reposé son pinceau, puis s'est essuyé les mains dans une serviette. Montre-moi ce que tu as fait.

Elle s'est approchée du canapé et j'ai feuilleté les pages à l'envers, rapidement. Je n'avais pas envie qu'elle voie la fille. Je suis tombée sur un dessin de ma mère en train de lire.

– Tenez, j'ai dit en tournant le carnet vers elle.

Elle me l'a pris des mains. J'étais nerveuse soudain. Tout le monde disait que j'étais bonne en dessin : mes parents, mes profs, tout le monde. Je me fichais de ce que pouvait penser Beth. Mais quand même. J'attendais son verdict.

– C'est bien, elle a dit. Techniquement, c'est très bien. Les ombres, les proportions.

Je me suis détendue.

– Merci.

– Qui est-ce ?

– Ma mère.

– Mmmm. Elle a incliné la tête en contemplant l'esquisse.

– Quoi ?

J'allais pour lui reprendre le carnet.

– Rien. C'est bien, mais je n'aurais jamais deviné que c'était ta mère.

– Ben, comment vous auriez pu ? j'ai fait, en le posant sur mes genoux. Vous ne l'avez jamais rencontrée.

Beth a ramassé son pinceau et s'est agenouillée près de la sculpture.

– Non. Mais c'est l'étape suivante. Dessiner ce que tu ressens, pas ce que tu vois.

J'ai gardé le silence. Je ne comprenais pas ce qu'elle voulait dire, mais elle semblait insinuer que je n'étais pas si douée que ça.

Beth a repris sa peinture.

– Si tu dessines ce que tu ressens, a-t-elle dit, n'importe qui en voyant ce dessin devrait être capable de comprendre que c'est ta mère. Tu vois ?

J'ai fixé la feuille.

– Je crois, oui.

J'ai tourné les pages jusqu'au croquis de la fille et me suis mise à esquisser ses lèvres, légèrement ouvertes, luisantes comme elles m'étaient apparues sous la pluie. La pièce était à nouveau plongée dans le silence. Le soleil de fin d'après-midi réchauffait mes épaules.

Ça faisait une éternité que Jamie et Kit étaient partis.

– Il est loin ce restaurant ? j'ai demandé.

Beth a pincé les lèvres en jetant un rapide coup d'œil par la fenêtre.

– Ils sont partis depuis un moment, non ?

Je me suis demandé si elle s'inquiétait pour son camion. Elle a trempé le pinceau dans la peinture et l'a essuyé adroitement sur le coin du pot.

– Ton frère et Kit ne se ressemblent pas beaucoup. Ils sont amis depuis quand ?

– Longtemps. Depuis l'école primaire.

Trop longtemps, j'avais envie d'ajouter. Je les imaginais en train de déjeuner tous les deux. Je savais parfaitement ce qu'ils étaient en train de faire. Toutes ces heures passées dans la voiture, à les écouter parler de filles, puis à me retrouver assise toute seule dans les restos. J'étais à nouveau en colère contre eux. Je revoyais Kit se moquer de moi, m'obliger à rester ici pendant qu'ils sortaient s'amuser. Puis je me suis rappelé l'expression de Jamie : ce regard intense, passionné, chaque fois qu'il parvenait à attirer l'attention de Beth ou à la faire sourire.

Et soudain j'ai su exactement ce que j'allais dire.

– Ouais, ils sont potes depuis très longtemps, mais ils ne sont, euh, en *couple*, que depuis l'année dernière.

chapitre 13

Beth s'est arrêtée de peindre.

– Pardon ?

Je ne pouvais pas la regarder en face. J'ai gardé les yeux rivés sur mon carnet.

– Vous savez, j'ai dit à nouveau, ils sont, comme on dit, ensemble.

Je sentais son regard fixé sur moi.

– Ils sont *ensemble* ? Tu veux dire qu'ils sont gays ?

Je l'ai regardée brièvement. Elle était debout devant la sculpture, le pinceau à la main, le visage marqué par l'étonnement.

– Wow. Je ne m'en étais pas du tout rendu compte.

J'ai promené un doigt le long du rebord de la fenêtre, laissant une mince traînée dans la poussière.

– Eh bien, ils sont plutôt discrets à propos de ça.

– C'est pour ça qu'ils voulaient aller déjeuner seuls tous les deux ?

Je n'avais même pas pensé à ça, mais j'ai acquiescé fermement.

– J'imagine qu'ils avaient envie d'avoir un peu de temps ensemble.

C'était presque difficile de ne pas rire.

– Hum, a dit Beth. Elle a touillé le pinceau dans le pot de peinture à ses pieds. C'est juste que… je suis vraiment surprise. D'habitude je suis plutôt bonne pour repérer les signes. Jamie… en fait, tous les deux… enfin, peu importe.

Elle est retournée à sa peinture, mais s'est arrêtée à nouveau :

– Ça doit être dur pour eux, au lycée. Surtout dans le Kansas.

Je sentais que je perdais le contrôle de l'histoire. Je n'avais jamais été douée pour mentir. Et pour une raison ou une autre – même s'ils étaient de parfaits crétins, même si c'était le plan idéal pour enrayer ce qui pourrait arriver entre Jamie et Beth – j'ai ressenti un pincement de culpabilité.

– Ce n'est pas vraiment officiel, j'ai dit. Donc ils n'aimeraient probablement pas que vous soyez au courant.

– Oh. OK.

Juste à ce moment-là, le téléphone a sonné. Beth m'a fait un signe de son pinceau et je suis allée décrocher.

– Allô ?

– Beth ?

– Non. Vous voulez lui parler ?

– Oh. C'est mademoiselle Martinez ?

Maintenant je reconnaissais sa voix.

– Oui, j'ai dit avec méfiance.

– Shérif Durrell à l'appareil. J'ai de bonnes nouvelles pour vous et votre frère, mademoiselle Martinez. Nous venons tout juste de recevoir le rapport préliminaire du bureau du coroner. On a une estimation de l'heure du décès de la victime.

J'ai baissé les yeux sur mon esquisse, son visage calme, figé. Est-ce qu'on pouvait appeler ça une bonne nouvelle ?

– Ah, j'ai fait.

– Quatorze heures.

Je ne comprenais pas.

– Mais c'était la nuit. Il faisait nuit quand on l'a renversée.

– Nous ne pensons pas que vous l'ayez heurtée, mademoiselle Martinez. La fille est décédée cinq ou six heures plus tôt.

Je me suis penchée en avant, lentement, en serrant le téléphone si fort que j'ai cru qu'il allait exploser dans ma main.

– Quoi ?

Beth a reposé son pinceau.

– Qu'y a-t-il ? Lucy, que se passe-t-il ?

Le shérif a poursuivi.

– D'après les prélèvements que nous avons effectués sur la voiture, il y avait comme de la fourrure d'animal sur la plaque d'immatriculation.

– Vous voulez dire… Jamie avait raison ? C'était un coyote ?

Je n'arrivais pas à le croire. J'avais des fourmillements et je me sentais engourdie tout à la fois, comme si quelque chose de lourd s'échappait de mon corps et que la sensation refluait dans mes bras et mes jambes.

– Lucy, avec qui parles-tu ?

Beth s'est approchée et s'est postée à côté de moi. J'étais agrippée au téléphone, m'efforçant d'écouter sa réponse.

– Eh bien, c'est ce que l'on pense. Votre frère a dit que vous ne saviez pas à quel endroit exactement vous aviez heurté quelque chose, peu importe ce que c'était. Peut-être qu'en rebroussant chemin, vous êtes allés trop loin, ou pas assez. Et à la place vous l'avez trouvée.

Je respirais à nouveau, d'énormes bouffées d'air. Mais ça n'avait toujours pas de sens. Si elle avait été là tout l'après-midi, en plein jour, quelqu'un d'autre aurait dû la voir.

Il a repris.

– Nous avons établi l'heure de sa mort, quatorze heures. Mais nous ne savons pas l'heure à laquelle elle a été laissée là.

Quand il a dit « laissée là », j'ai réalisé ce que ça signifiait. Quelqu'un lui avait fait du mal. Quelqu'un l'avait abandonnée là, morte, sur la nationale.

– Nous ramènerons la voiture sous peu. OK, mademoiselle Martinez ? Pouvez-vous me passer Beth un instant ?

Je lui ai tendu le téléphone et j'ai enfoui mon visage dans mes mains.

– Quel soulagement, l'ai-je entendu dire. Jamie surtout. Eh bien, ils vont être tellement soulagés, j'en suis sûre. Mais comment est-elle morte ? Oui, je comprends. C'est atroce.

J'ai écarté les doigts pour l'observer, elle écoutait en silence, en me regardant.

– Ils ont parlé à leurs parents. Bien sûr. Je pense, oui. Oui, je pense que tu as raison. C'est généreux de ta part, Stan. Merci. OK. Salut.

Elle s'est approchée et m'a touché le bras.

– Lucy, il laisse tomber pour la bière.

J'ai appuyé ma tête sur mes genoux, fermé les yeux. Était-ce vraiment terminé ?

– Alors on peut y aller ? On a le droit de partir ?

Mais je n'en étais pas sûre, même en le disant. Je voyais encore et toujours le visage de la fille, je pouvais sentir le poids, léger, de son bracelet dans ma main. Il semblait injuste de la laisser. De l'abandonner maintenant, comme la nuit dernière, sous la pluie, sur la route.

Beth a secoué la tête.

– Pas encore. Il veut que vous restiez jusqu'à demain, au moins.

Les chiens se sont mis à aboyer dans la cour et on a entendu le grondement du camion qui s'approchait. Jamie et Kit étaient de retour.

On s'est levées toutes les deux, et à l'instant où ils ont passé la porte, sans attendre, j'ai oublié quels cons ils étaient et combien je leur en voulais et j'ai attrapé le premier qui est entré et l'ai pris dans mes bras. C'était Kit, et son épaule était chaude contre mon visage. Puis il a reculé en trébuchant, ses mains posées sur mes bras. Il paraissait désorienté.

– Eh, qu'est-ce qui se passe ?

Mais j'étreignais déjà Jamie.

– La police a appelé. Ce n'était pas nous !

– Quoi ?

Ils m'ont fixée tous les deux.

– On ne l'a pas renversée. Elle était déjà morte, des heures avant qu'on passe par là. Ils pensent que c'était un coyote ! Ils pensent qu'on a heurté un coyote.

Les mots se bousculaient dans ma bouche. Kit et Jamie restaient interdits.

Mais Beth leur a ensuite expliqué, et Kit, rejetant la tête en arrière, a sifflé longuement, tout bas.

– J'y crois pas. J'y *crois* pas. C'était un *coyote* !

Il a filé à Jamie un coup de poing dans l'épaule.

– Jamie, c'était un coyote, comme tu l'avais dit ! Oh, mon Dieu !

Il a attrapé Jamie et l'a soulevé du sol.

Beth se tenait à l'écart, en souriant.

– Et Stan, le shérif, laisse tomber pour l'alcool. Il a dit que ça devait probablement être la plus grande peur de votre vie.

– Ouais ! Kit tournoyait dans la pièce, la figure rouge, en criant et en frappant l'air de ses poings. Ouais, ouais, sans rire. Incroyable.

Mais Jamie fixait simplement le sol. Livide, il restait planté là, tremblant.

– Je ne peux pas le croire, a-t-il dit. Je n'arrive pas à croire que c'est fini.

Beth a effleuré son épaule.

– Tu peux. C'est fini.

chapitre 14

Le reste de la journée est passé en un clin d'œil. Je n'ai pas pu manger le sandwich qu'ils m'avaient rapporté ni avaler quoi que soit ce soir-là quand Beth a proposé de dîner. C'était étrange de penser à faire quelque chose de normal, à nouveau. La police a ramené notre voiture alors que le soleil se couchait. On était euphoriques de la revoir, notre vieille bagnole poussiéreuse. C'était comme des retrouvailles. Jamie et Kit ont ouvert les fenêtres, se sont excusés platement auprès des policiers. Ça empestait toujours la bière.

Cette nuit-là, on a parlé sans fin de l'accident, de chaque détail : ce qu'on était en train de faire dans la voiture juste avant, ce qu'on avait dit, ce qu'on avait vu. Comme si on cherchait à rattraper le temps perdu, après le long silence qui nous était tombé dessus depuis que c'était arrivé. À la fin, on était capables de rejouer toute la scène – comment la pluie s'était mise à tomber, comment on avait ressenti l'impact, comment on avait continué à rouler – parce que cette fois-ci, on ne l'avait pas renversée. Cette fois-ci, ce n'était pas notre faute.

– T'as pilé, tu te souviens ? a fait Kit.

– Non. Jamie a secoué la tête. J'ai pas eu le temps. J'ai freiné après coup.

– Ouais, et on a dérapé, je leur ai rappelé.

Maintenant, Kit pensait se souvenir d'une rayure grise sur le devant de la voiture. Je me suis demandée si je l'avais vue, moi aussi.

Jamie a appelé notre mère, et on a dû la prendre tous les deux au téléphone, l'un sur le portable, l'autre dans la cuisine, pour l'entendre crier, « Oh, Dieu merci ! Oh, Jamie, Lucy, vous ne pouvez pas savoir comme je me suis inquiétée. »

Puis elle a demandé des nouvelles de notre père, elle l'avait appelé. Est-ce qu'il venait nous chercher ? Au moins, on pouvait lui dire que ce n'était plus la peine maintenant. Non pas qu'il ne viendrait pas, mais qu'il n'avait plus besoin de venir. On partirait pour Phoenix dans un jour ou deux.

– Mais la moitié de vos vacances est déjà passée, a protesté ma mère.

– C'est bon, lui a dit Jamie. On va s'arranger.

On a appelé notre père juste après. Il était suffisamment tard pour le joindre chez lui, et il a décroché à la première sonnerie. Dès qu'il a entendu ma voix, il a grondé :

– Lucy ! Pourquoi n'as-tu pas laissé de numéro de téléphone ? J'ai essayé le portable tout l'après-midi, mais sans pouvoir vous joindre. Que se passe-t-il, nom d'un chien ?

Et j'ai dû tout expliquer à nouveau, mais c'était tellement plus facile à présent. Et puis, je voyais bien que mon père s'intéressait uniquement à la fin de l'histoire parce qu'il n'arrêtait pas de m'interrompre avec des questions du genre « Donc vous allez bien ? La voiture n'a rien ? Quand est-ce que vous serez là ? »

– Je pense qu'on peut partir demain ou après-demain. La police doit encore vérifier le rapport du labo ou quelque chose du genre.

– Donne-moi le numéro du poste de police. Je veux leur parler directement.

Beth est allée le chercher pour lui, et j'ai continué de le rassurer, jusqu'à ce qu'il finisse par conclure :

– Bon, j'espère que vous pourrez partir demain, parce que j'ai des réunions toute la journée, mercredi et jeudi, et maintenant le week-end est fichu. OK, chérie, passe-moi ton frère.

En écoutant la fin de sa conversation avec Jamie, j'ai deviné qu'il avait droit au sermon attendu : que c'était dangereux de conduire sous la pluie ou trop vite, qu'il fallait freiner quand quelque chose surgissait sur la route. Avec mon père, peu importe que ce soit votre faute ou pas. Il y a toujours quelque chose que vous auriez pu faire différemment. Jamie n'arrêtait pas de répéter, « Oui, papa. Oui, je sais. Je m'en souviendrai. »

Puis Kit a enfin appelé ses parents. Il tournait en rond dans le salon, parlait fort, rajoutait des détails. Je le voyais venir en l'écoutant parler : cet accident terrible, la fille morte sur la route, se transformaient en l'une de ses anecdotes à suspense. Un coup manqué *in extremis*, une catastrophe qui n'en était pas une. Il raconterait cette histoire comme preuve de quelque chose. Mais de quoi ? J'ai repensé à la fille. Tout avait changé pour nous. Rien n'avait changé pour elle.

– Donc, ne vous inquiétez pas, expliquait Kit. Tout va bien maintenant.

– Kit, j'ai dit doucement. Elle est toujours morte.

Cette nuit-là, enroulée dans les couvertures, je me suis tournée face à la fenêtre. C'était comme de regarder l'univers à travers le hublot d'un vaisseau spatial. Je n'arrivais pas à dormir. J'avais laissé ma porte entrouverte, en espérant qu'un des chiens viendrait. Mais la maison était silencieuse.

Puis j'ai entendu quelque chose dans le couloir. Un bruit étrange, assourdi, comme si quelqu'un s'étouffait. Mais le plus étrange, c'est que je l'aie reconnu. Dans un recoin enfoui de mon cerveau, je savais ce que c'était. Je me suis assise pour écouter. Lentement, aussi silencieusement que je le pouvais, j'ai rejeté les couettes et j'ai posé mes pieds sur le sol. À pas feutrés, j'ai gagné la porte et collé mon visage dans l'ouverture.

Jamie était dans le couloir. Il était accroupi contre le mur, les genoux relevés, tête baissée, assis dans un long rectangle de clair de lune. Il pleurait.

Je m'apprêtais à ouvrir la porte et à le rejoindre, de la même façon qu'il l'avait fait pour moi, il y a longtemps, après le départ de notre père, et que je pleurais souvent la nuit.

Alors j'ai vu Beth.

Elle se glissait hors de sa chambre, vêtue d'une fine chemise de nuit à fleurs qui tourbillonnait autour d'elle comme une prairie, puis elle s'est agenouillée près de lui. Elle a passé son bras autour des épaules de Jamie.

J'entendais sa voix, douce et basse, lui dire « Jamie, qu'est-ce qu'il y a ? Qu'est-ce qui ne va pas ? » Puis « Chuuut. Je sais que ça a été terrible pour toi. Ça l'aurait été pour n'importe qui. Mais c'est fini. »

Elle continuait de lui parler. Ses cheveux sont tombés sur son visage et je n'ai pas pu entendre le reste. Puis j'ai vu Jamie lever la tête, ses joues étaient mouillées. Et j'ai senti mon ventre se nouer parce que je savais ce qui allait se passer. Je l'ai su avant eux.

Il a tendu la main pour effleurer ses cheveux.

Beth s'est reculée, et dans le carré de lumière, j'ai vu son regard troublé.

– Non, a-t-elle dit.

Il a pris sa main et l'a retournée, lentement, on aurait dit qu'elle tenait le clair de lune dans sa paume. Puis il l'a portée à sa bouche et embrassée.

– Jamie, a-t-elle dit encore. Je ne comprends pas. Je croyais que toi et Kit… Je croyais que vous étiez…

Mais il était trop tard. Il l'a attirée contre lui, s'accrochant à elle comme s'il pensait qu'elle pouvait tomber, ou que lui pouvait tomber. Puis il s'est mis à l'embrasser, à caresser son visage et à l'embrasser encore.

J'ai reculé. Refermé la porte sans bruit et je suis retournée au lit.

Non, ce n'était pas fini.

chapitre 15

En me réveillant ce matin-là, j'avais l'impression d'avoir rêvé. C'était tellement bizarre, ce qui s'était passé dans le couloir, un rêve étrange, après cette journée étrange. La nuit avait été longue et reposante. J'avais rêvé de la fille, encore, mais cette fois quand elle était apparue juste devant la voiture, elle portait une chemise de nuit blanche qui se gonflait comme la voile d'un bateau.

J'ai repoussé les draps et cligné des yeux à cause de l'éclat du ciel qui emplissait la fenêtre. Beth était tellement plus vieille que nous. Jamie était encore un gamin. J'avais déjà vu Jamie embrasser des filles avant, debout contre les casiers à l'école ou appuyés sur la voiture de quelqu'un. Mais je ne l'avais jamais vu embrasser quelqu'un comme ça. Ça ne pouvait pas être réel.

J'ai enfilé mon jean et j'ai marché sur la pointe des pieds dans le couloir silencieux. Il était tard mais personne ne semblait être debout. La porte de Beth était fermée. Celle du bureau légèrement ouverte. Je me suis dirigée vers elle, pensant qu'ils seraient dedans, Jamie et Kit, en train de dormir, exactement comme j'avais trouvé Kit hier. Mais avant même de pousser la porte, je le savais : il n'y avait que Kit.

Je suis restée là à le regarder, couché sur le dos, son souffle lent et profond. J'ai souhaité – l'espace d'un instant, mais violemment – que ce soit lui dans la chambre avec Beth et que Jamie soit là, en sécurité.

Soudain, il fallait que je sorte de cette maison. C'était trop, l'accident de voiture, la fille morte et maintenant, Jamie qui couchait avec une femme de vingt ans de plus que lui. J'avais l'impression qu'on avait quitté le Texas et pénétré dans un monde sens dessus dessous où il n'y avait plus de règles.

J'ai couru le long du couloir, mes pieds rasant le sol froid. En m'entendant, les chiens se sont précipités hors du salon. Quand j'ai ouvert la porte d'entrée, ils se sont massés derrière moi, en gémissant et en poussant contre mes jambes. On est sortis dans la lumière du désert.

Je n'ai pas entendu Kit arriver derrière moi. Quand il a parlé, j'ai sursauté. Depuis combien de temps étais-je assise sur les marches du porche ? Je me suis écartée pour lui laisser la place de passer, en essayant de faire comme si tout allait bien.

– Eh, qu'est-ce que tu fais là ? Où sont les autres ?

Il s'est assis près de moi, en se frottant le visage. Ses cheveux étaient dressés en petits tourbillons cuivrés.

– Rien, je suis juste assise, j'ai dit.

Je n'avais pas envie de répondre à la seconde question. Je ne voyais pas quoi dire. Qu'ils étaient partis quelque part ? Son camion était toujours dans l'allée.

– Il est où Jamie ? il a demandé.

Il a scruté la cour.

– Elle est où Beth ?

J'ai hésité.

– Toujours au lit, j'imagine.

Je l'ai regardé. Il était si proche de moi que je pouvais voir les petites taches vertes et dorées de ses yeux. Ils étaient beaux, mais d'une manière compliquée, surprenante, comme le quartz dans une roche.

Kit a froncé les sourcils et jeté un coup d'œil dans la maison. J'ai vu ce qu'il voyait : le couloir vide et la porte close de Beth. Ses yeux se sont agrandis. Il s'est tourné vers moi.

– Nan !

J'ai remonté mes genoux jusqu'au menton et balancé mes cheveux en avant pour cacher mon visage.

– C'est pas vrai ! il a répété.

Cette fois, il m'a saisi le bras, me forçant à le regarder :

– Il est là-dedans avec elle ?

Je n'ai pas réagi. Je n'avais pas à répondre. Kit a sifflé, un son faible et songeur qui a transpercé l'air.

– Incroyable. In-foutrement-croyable. Je veux dire, on est coincés ici dans ce trou perdu au milieu de nulle part, on pense peut-être avoir tué cette fille, et Jamie… Il a secoué la tête. Jamie s'envoie en l'air.

– Arrête, j'ai dit.

– Non, mais c'est vrai !

Sa bouche s'est fendue d'un large sourire :

– Il est sacrément chanceux, lui.

– C'est pas ça, j'ai dit.

Qu'est-ce que j'en savais ? Peut-être que c'était ça.

– Oh, allez. Il était à fond sur elle. Tu l'as vu ? Kit a rejeté ses cheveux en arrière. Mais ça m'étonne qu'elle se soit laissée faire. Je pensais que le problème de l'âge l'inquiéterait. Comment ça s'est passé d'après toi ? Il était mort de fatigue et s'est endormi en même temps que moi.

Je fixais mes pieds, mes orteils recroquevillés sur le bord de la marche. Le bois était fissuré. Kit m'a saisi par les épaules.

– Eh. T'es au courant de quelque chose.

– Non, pas du tout. Je ne pouvais pas le regarder.

– Oh que si. T'as vu quelque chose. Quoi ?

J'ai baissé le menton en secouant la tête.

– Rien. Je n'ai rien vu du tout.

Mais Kit s'est penché sur moi, dégageant les cheveux de mon visage.

– Allez, Luce. Dis-moi, quoi.

Alors j'ai eu envie de lui dire. Garder ça pour moi, c'était trop. J'ai levé les yeux vers lui.

– Jamie était dans le couloir, j'ai dit. Tard hier dans la nuit. Il était... bouleversé. À cause de la fille, et soulagé, mais...

Je ne voulais pas lui dire qu'il était en train de pleurer. Kit ne comprendrait pas ça.

– Beth est sortie de sa chambre. J'ai entendu quelque chose, alors je me suis levée et j'ai ouvert la porte... et je les ai vus.

– Ouais ? Qu'est-ce qu'elle a fait ?

Ce qu'elle avait fait ? Comment ça avait commencé ?

– Elle l'a, en quelque sorte, pris dans ses bras...

– Elle a fait ça ? Kit semblait incrédule. Elle a fait le premier pas ?

Non, ce n'était pas vrai. J'ai secoué la tête.

– Elle essayait, tu vois, de le réconforter. Et alors il l'a embrassée.

Kit a laissé échapper un long soupir.

– Wouah. Vraiment ? Et après ?

– J'en sais rien. Je suis retournée me coucher.

– Tu plaisantes ! T'as raté le meilleur ?

Je l'ai repoussé. Je n'aurais pas dû le lui dire, je le savais.

– C'est mon *frère* ! T'es dégueulasse. Beth a le double de son âge. C'est ridicule.

– OK, OK. Relax.

Il a hoché la tête :

– C'est quand même étrange, non ? Pas Jamie, mais Beth. Elle semble trop – enfin, elle a bien dû se rendre compte qu'il l'aimait bien, du coup ça me surprend qu'elle ait tenté quelque chose…

J'en pouvais plus.

– Écoute, c'est ma faute. Je lui ai dit que toi et Jamie vous étiez gays. C'est pour ça qu'elle l'a pris dans ses bras. Elle ne pensait pas qu'il se passerait quelque chose.

Et voilà. Je l'avais dit.

Je fixais l'escalier.

– Quoi ?

Il parlait trop fort.

– Chuuut. Ils dorment encore. Tu m'as bien entendue. J'ai dit que toi et Jamie vous étiez homos.

– Pourquoi t'as fait ça, merde ?

Il était cramoisi, tout près de moi.

– C'est quoi ton problème ? T'es malade ou quoi ? Tu crois qu'on est *gays* ?

Soudain il s'est penché vers moi et m'a embrassée. Comme ça. Sa bouche était chaude et furieuse sur la mienne, mais ferme.

Je n'arrivais pas à le croire. Une main sur son torse, j'ai tenté de le repousser à la seconde même où ses lèvres ont touché les miennes, mais pas assez vite. On était assis là, à quelques centimètres l'un de l'autre, respirant bruyamment. J'ai dégluti et essuyé ma bouche du dos de la main.

– Je sais que tu n'es pas gay. Et c'est pas comme si j'en avais quelque chose à fiche de toute façon. Tu n'as pas à… prouver quoi que ce soit.

Parce que ce n'était que ça.

Il s'est détourné, mais j'avais déjà glissé de l'autre côté de la marche, loin de lui. Je n'arrivais pas à croire qu'il m'avait embrassée. Je sentais la brûlure de sa bouche sur la mienne.

– Alors pourquoi tu l'as dit ? Pourquoi tu dirais un truc pareil ?

Il refusait de me regarder.

J'ai appelé les chiens. Ils sont venus en trottant de dessous l'abri et en remuant les oreilles, l'air tout endormis et adorables. Je leur ai fait de la place entre nous. Oscar a grimpé l'escalier et s'est allongé lourdement contre ma cuisse.

– Je sais pas. Ça ne voulait rien dire. J'étais en colère contre vous deux, quand vous êtes allés déjeuner sans moi. Je n'aurais jamais pensé...

– C'est bien ça le problème. Tu ne réfléchis pas.

J'ai froncé les sourcils. Venant de Kit, c'était plutôt ironique.

– Écoute, c'était idiot. Je suis désolée.

J'ai enlacé le cou d'Oscar d'un bras et enfoui mon visage dans son pelage.

– Vraiment. Je n'aurais jamais dit ça si j'avais su qu'un truc pareil pourrait arriver.

On s'est retournés tous les deux pour regarder dans le couloir. La maison était silencieuse. La porte de Beth était toujours close et l'air semblait se masser autour, plein de tout ce qui avait changé.

– T'es folle, a dit Kit.

Il refusait toujours de me regarder. Je n'arrivais pas à croire qu'il m'avait embrassée. Pourquoi il avait fait ça ? Je savais qu'il n'était pas homo. Pendant toutes ces années, quasiment depuis que je le connaissais, je l'avais vu avec des filles. Il avait toujours une copine.

On m'avait embrassée une seule fois avant. Au bal de quatrième, le vendredi d'avant la remise des diplômes. Scott Lampere était plutôt mignon : grand et très mince – il faisait partie de l'équipe de basket – avec de jolis yeux. Il était dans trois de mes cours. Ginny et moi on l'aimait bien, mais sans penser à tenter quoi que ce soit. En plus, il avait un appareil dentaire et un palais en métal qu'il devait porter pendant six mois. Alors Ginny avait dit que ce serait comme d'embrasser l'onglet métallique d'une canette de soda.

On lui avait retiré son appareil au printemps. À la soirée, lui et moi on marchait dans le couloir pour chercher à boire et il m'a prise par le bras et m'a embrassée. J'étais tellement surprise que je ne savais pas quoi faire. Ses lèvres étaient vraiment mouillées et glissaient sur les miennes. J'ai essayé de coopérer, mais tout le temps du baiser, je pensais à un truc que j'avais vu à la télé. Une émission sur le programme spatial qui expliquait que quand la navette en orbite revient sur terre, si elle n'entre pas dans l'atmosphère selon un angle bien précis, elle risque d'être tout simplement renvoyée dans le cosmos. Et j'avais cette sensation-là, en embrassant Scott : c'était tellement mouillé et hésitant qu'à tout moment ma bouche pouvait dévier et partir flotter dans l'espace.

Quand Kit m'avait embrassée, c'était différent. C'était doux et bon, comme si l'angle était parfaitement ajusté.

chapitre 16

– Barrons-nous, a dit Kit brusquement, en se levant. Aucune raison de traîner ici. Allons petit-déjeuner.

J'ai acquiescé. Je n'avais pas vraiment envie d'être dans la maison quand Beth et Jamie ouvriraient enfin la porte de la chambre.

– Mais la voiture, j'ai dit. Où est-ce que Jamie a mis les clés ?

– J'en sais rien. On va prendre son camion. Les clés sont accrochées à la patère dans la cuisine. C'est bon. Elle nous a laissé le conduire hier. Quoi, merde, elle peut au moins faire ça, étant donné que...

– Étant donné que quoi ? Qu'elle est là-dedans avec Jamie et pas avec toi ?

La méchanceté de mon ton m'a surprise.

– Oublie, j'ai dit précipitamment, avant que Kit ne se fâche à nouveau. J'imagine que ça ne la dérangera pas.

On a tourné le coin pour entrer dans la cuisine et j'ai pilé net, Kit m'est rentré dedans en me faisant presque tomber. Beth se trouvait près de l'évier, épluchant délicatement une mandarine. Ses ongles faisaient des incisions bien nettes dans la peau, et elle déroulait les quartiers comme des pétales. Elle a levé les yeux quand on est entrés. Prudente, son visage était dénué d'expression, mais tout le reste en elle vibrait.

– Bonjour, a-t-elle lancé.

Je pouvais à peine la regarder. Nous avait-elle entendu discuter ? La porte de la chambre était fermée. Jamie devait encore dormir. Je me suis sentie rougir. Mais pourquoi j'aurais dû me sentir embarrassée ? C'était elle qui avait fait quelque chose de mal.

– Bonjour, a dit Kit, en s'avançant. On peut vous emprunter le camion ? Pour prendre le petit déjeuner dehors ?

J'ai enfin levé les yeux. Son visage semblait sous contrôle. J'observais l'arc tranquille de ses sourcils, comme si le moindre signe d'expression risquait de trop en révéler.

– Bien sûr. Mais vous n'avez pas besoin de sortir. Les placards sont pleins de nourriture.

– Ouais, mais on a bien envie de sortir.

Kit semblait détendu. Il lui souriait.

Beth s'est retournée. Elle a posé doucement la mandarine à moitié pelée sur le bord du plan de travail où elle a trôné comme une fleur exotique. « OK » elle a dit en s'essuyant les mains dans le torchon. Elle a pris les clés suspendues à la patère et les a lancées à Kit.

– Merci.

Je n'avais toujours rien dit. J'en étais incapable. Beth faisait face à la fenêtre, rassemblant ses cheveux à deux mains et les enroulant pour former un nœud. Une légère rougeur a teinté ses joues.

Ce n'est qu'en rejoignant la nationale que Kit a ouvert la bouche. Sa voix était morose.

– Ils ont probablement baisé toute la nuit.

– Tais-toi !

Je me suis penchée en travers du siège pour lui donner un coup de poing dans l'épaule.

– Arrête de parler de ça. C'est trop dégueulasse.

Mais de quoi d'autre pouvait-on parler ? J'ai étalé mon carnet de croquis sur mes genoux et plissé les yeux en regardant l'immensité du désert par la fenêtre. Les touffes d'herbe dispersées au hasard semblaient fragiles, une vaine protection contre la terre aride. Je voulais les dessiner, mais Kit conduisait trop vite et la route était cahoteuse par endroits.

– C'était juste une erreur, tu crois pas ? j'ai dit après un moment.

– Je croyais que tu ne voulais pas en parler.

– C'est vrai. J'ai soupiré, remuant sur mon siège, jouant avec la sangle élimée de la ceinture de sécurité. Mais ça va s'arrêter là, hein ?

Kit a grogné.

– Je parierais pas là-dessus.

J'ai grimacé de dégoût.

– Elle a quel âge d'après toi ? Elle doit être proche de la quarantaine. Est-ce que ce n'est pas illégal ou quelque chose du genre ?

Kit a eu un léger rictus.

– Tout ce qui est fun est illégal.

– Allez, sérieusement.

J'essayais de réfléchir. Il y avait eu cette histoire au lycée quelques années plus tôt. Une sorte de scandale.

– Il n'y avait pas eu un problème avec un prof de gym à Westview, il y a deux, trois ans ? Et cette fille, elle était en première, je crois. Est-ce qu'elle n'a pas été arrêtée ?

Ginny et moi on était en sixième à l'époque, mais je me souvenais que ma mère s'était fâchée à propos de ça. Je me souvenais d'elle s'agitant avec Jamie dans la cuisine, baissant la voix pour que je n'entende pas.

– Ah, oui, monsieur Brimley. Mais c'était complètement différent.

– Pourquoi ? Il était plus âgé. Il était marié.

– Mais c'était une affaire de prof-étudiant. Et la fille avait quinze ans, je crois. Ses parents ont intenté un procès.

– OK, en quoi c'est différent ? Je persistais. Beth est trop vieille pour Jamie.

– C'est différent, c'est tout. Kit a haussé les épaules. Jamie le voulait.

– Peut-être que cette fille en avait envie, aussi. N'empêche que c'est mal.

Kit a secoué la tête.

– Ça n'a rien à voir. Avec un mec plus âgé comme ça, la fille pourrait ne…

Il s'est interrompu, en me jetant un bref coup d'œil.

– Je sais pas. Quand le mec est plus âgé, comme monsieur Brimley, et enseignant, on dirait que la fille est plus une victime qu'autre chose. Comme si elle avait pas le choix.

Il a marqué une pause.

– Personne n'a forcé Jamie, et en plus, il a dix-huit ans.

Je me suis recalée dans le siège. C'était vrai. J'ai repensé à l'expression de Jamie dans le clair de lune et à la manière dont il avait pris la main de Beth.

– C'est trop bizarre, j'ai dit finalement. Ça devrait être illégal.

Kit a fait un grand sourire.

– Sois pas si prude.

Impossible de discuter de ça avec lui. J'ai regardé par la fenêtre l'accotement de gravier, rendu flou à cause de la vitesse.

– Eh, on va où ? ai-je demandé soudain.

Il savait ce que je voulais dire.

– On l'a passé déjà.

– Ah bon ? Le bandeau de la police était toujours là ? Je ne l'ai pas vu.

– Oui, il était toujours là.

– J'ai l'impression que ça fait plus de deux jours, pas toi ? Ça paraît si loin.

Il est resté silencieux.

J'ai ouvert mon carnet de croquis et tourné les pages jusqu'à ce que je tombe sur le portrait de la fille. J'avais presque fini le dessin, mais je n'en étais pas complètement satisfaite. Les yeux et la bouche manquaient d'expression, du coup, son visage ne semblait pas réel. J'ai ôté mes tongs et posé mes pieds nus sur le tableau de bord, en calant le carnet contre mes cuisses. Je me suis remise à dessiner, des creux et des crêtes, la géographie des pommettes et des sourcils. Les visages sont comme des paysages, j'ai pensé.

– Tu dessines tout le temps, a dit Kit. C'est quoi ça ?

J'ai hésité.

– La fille.

Il observait le dessin maintenant, jetant de rapides coups d'œil tout en maintenant le volant d'une main.

– Eh, c'est pas mal.

C'était la première remarque gentille qu'il m'ait jamais faite.

– Merci.

– Les lèvres ne vont pas.

– Qu'est-ce qu'elles ont ? j'ai marmonné.

Il a haussé les épaules.

– Un truc. Sa bouche était différente.

J'ai regardé sa bouche à lui quand il a dit ça et ressenti une palpitation dans mon ventre. Ce n'était que Kit. Mais je n'arrêtais pas de penser à la façon dont il m'avait embrassée. Une partie de moi n'arrivait toujours pas à y croire. Kit m'avait *embrassée*. Embrassée *moi.* Je lui ai glissé un autre coup d'œil. La courbe de ses lèvres. Je ne pouvais pas les regarder sans repenser à cette sensation sur les miennes.

Je suis retournée à mon dessin et j'ai gommé le haut des lèvres, modifiant la ligne pour les adoucir. Il avait raison. Ça lui ressemblait déjà beaucoup plus.

– On est loin encore ? j'ai demandé. On roule depuis une éternité.

Le désert changeait, des contreforts surmontés de bouquets d'arbustes apparaissaient maintenant, tandis qu'on approchait des montagnes.

– Je ne sais pas. Le restaurant où on est allés Jamie et moi hier était beaucoup plus près. Mais c'était dans l'autre direction.

– Pourquoi t'as pris ce chemin-là alors ? Je me suis tournée vers lui avec impatience. Je ne me souviens pas avoir vu un endroit pour manger par ici.

– Ouais. Il avait l'air penaud. J'en sais rien. Je voulais y repasser de jour.

– Oh.

J'ai approuvé d'un signe de tête, regrettant d'avoir raté l'endroit quand on était passés devant.

– Qu'est-ce qu'il lui est arrivé selon toi ?

Il était silencieux, d'une main, il tournait doucement le volant.

– Quelqu'un l'a tuée.

L'entendre dire ça à voix haute m'a fait frissonner. J'ai repensé à ce que j'avais ressenti en découvrant son corps. Ce que j'avais ressenti en pensant qu'elle était morte à cause de nous.

– Mais comment ? Il n'y avait pas une goutte de sang. Si ?

Je ne me rappelais pas en avoir vu. Je contemplais le visage sur la feuille, cet ovale sans vie :

– Je ne sais pas. Elle semblait si calme.

– Oui, mais elle avait, quoi, dans la vingtaine ? Les gens ne meurent pas à vingt ans.

– Non, j'imagine que non.

Il avait raison. Elle avait dû finir ici à cause de quelqu'un. La trouver, c'était comme trouver la moitié d'une photo déchirée en deux. Qu'y avait-il sur l'autre moitié ?

Kit s'est passé la main dans les cheveux, faisant rebiquer les boucles sur sa nuque, comme des vagues rouge doré. Je me suis emparée de mon crayon et suis retournée au croquis, ombrageant la ligne de sa gorge.

Kit parlait toujours.

– Et tu as dit que la police n'avait rien trouvé sur elle, pas de porte-monnaie, pas de papiers d'identité. Ça veut dire que quelqu'un a dû les prendre.

J'ai eu un mouvement de recul, en pensant au bracelet. Mais il n'y avait pas de nom dessus, pas même des initiales. Il ne leur aurait rien appris du tout. Quand même, pourquoi j'avais fait ça ? C'était comme de voler. Je savais ce que ma mère en penserait. Et Jamie.

– Et si…

Je me suis interrompue. L'idée prenait forme dans ma tête, et elle semblait presque trop fragile pour la dire à voix haute, surtout à Kit :

– Écoute, on est en train de rouler dans la même direction que cette nuit-là. Elle était sur le côté droit de la route. Donc celui qui... celui qui l'a laissée là faisait probablement le même chemin, tu vois ? Quand on s'arrêtera, on pourrait demander si personne ne l'a vue. On pourrait essayer de se renseigner...

Kit a secoué la tête.

– Pas question. On ne va pas faire ça.

– Pourquoi ? On doit s'arrêter de toute façon, pour petit-déjeuner. Il y a si peu d'endroit par ici, elle s'est peut-être arrêtée là, elle aussi. Tu vois, pour faire le plein. Ou manger. On ne peut pas juste demander ? Peut-être que quelqu'un l'a vue. J'ai mon croquis.

Je parlais de plus en plus vite, en le suppliant :

– Ce n'est pas pareil qu'une photo, mais tu l'as dit toi-même, il est réussi, ça lui ressemble. On pourrait essayer de découvrir ce qui lui est arrivé.

Kit a fait non de la tête.

– C'est tout simplement stupide. Qu'est-ce que tu vas faire, rouler à travers tout l'État en montrant ton dessin aux gens ? Laisse la police trouver. Ça n'a rien à voir avec nous.

– Mais si. On l'a trouvée.

– Et elle était déjà morte ! C'est fini. On sera à Phoenix d'ici demain soir.

– Non ! Je ne vais pas à Phoenix. Pas tant qu'on n'a pas découvert ce qui lui est arrivé.

Ça paraissait ridicule au moment où les mots sont sortis de ma bouche, mais j'ai réalisé que je ne disais pas ça simplement pour me disputer avec lui. Je le pensais. Je me sentais liée à elle, d'une certaine manière, comme si nos vies s'étaient croisées et entremêlées, même si elle m'était étrangère. Parce qu'elle était sortie de nulle part et risquait de disparaître, à moins qu'on essaie de comprendre ce qui s'était passé.

– Je ne la laisse pas tomber, j'ai dit calmement.

Kit m'a regardée, dégoûté.

– T'es folle. Et tu sais quoi ? C'est pas toi qui décides.

Il a braqué brusquement et on a quitté la route pour descendre sur un parking non goudronné. Je n'y avais pas fait attention, mais le petit restaurant était là, avec sa supérette, un bâtiment beige avec une station-service devant et un panneau de bois grossier suspendu au toit : Blue Mountain Café. Kit a fait une embardée pour se garer, a freiné fort, et la poussière brun rose s'est élevée dans un nuage, tout autour de nous.

chapitre 17

Kit a coupé le moteur.

– Kit, j'ai dit. Est-ce qu'on peut…

J'ai rassemblé les pages de mon carnet, en ai refermé la couverture et l'ai tenu contre ma poitrine.

– Quoi ?

Il a froncé les sourcils, impatient, mais il me regardait pour la première fois depuis qu'il m'avait embrassée. Je me suis penchée pour lui toucher le bras. Il a tressailli, a baissé les yeux vers ma main. J'ai réalisé qu'il était nerveux, lui aussi.

– S'il te plaît.

– Pourquoi c'est si important pour toi ? Pourquoi t'es si obsédée par cette fille ?

– Je ne sais pas.

Tout ce que je savais, c'est que je ne pouvais pas m'arrêter de penser à elle.

– Tu ne ressens donc rien ? Enfin quoi, elle a été abandonnée sur la route, morte, et c'est nous qui l'avons trouvée. Tu ne te sens pas… responsable, d'une certaine manière ?

– Non ! Non, pas du tout. Il a dégagé son bras et il est sorti du camion. Écoute, tu fais ce que tu veux. Mais je ne t'aide pas.

Il a claqué la portière si fort que le camion a tremblé. Je l'ai regardé traverser le parking à grandes enjambées jusqu'au restaurant, en faisant voler de la poussière à chaque pas. Au bout d'une minute, je l'ai suivi.

Je m'attendais à moitié à ce qu'il ait envie de s'asseoir tout seul, mais quand je suis entrée, je l'ai vu qui m'observait depuis une table dans un coin de la cafétéria. Du pied, il a avancé une chaise pour moi.

– Merci, j'ai marmonné, en regardant autour de nous.

La salle était petite, une douzaine de tables collées les unes aux autres et un long comptoir avec des tabourets dans le fond. Les murs étaient rose pâle, et celui derrière Kit, couvert de vieux calendriers et de photographies de destinations coûteuses et tropicales. Aux fourneaux, une femme âgée faisait cuire des hamburgers. Deux hommes étaient assis au bar, mais sinon la salle était vide.

La serveuse est arrivée par une porte battante, en portant deux verres d'eau. Elle avait des cheveux blonds, bouclés, et des rides si marquées que sa peau semblait onduler comme du carton. D'épaisses traînées de fard argenté miroitaient sur ses paupières. Elle a fait glisser les verres sur la table et a sorti un bloc-notes.

– Salut. Qu'est-ce que je vous sers, les enfants ?

Elle a souri à Kit. Je l'ai vu s'efforcer de balayer son irritation et sourire en retour, un sourire bref et chaleureux.

– Dites-moi vous, il a dit. Qu'est-ce qu'il y a au petit-déjeuner ?

– Le petit-déjeuner ? Elle a ri. Pas grand-chose. On arrête de servir à onze heures.

– Oh, j'ai dit, il est déjà si tard ?

Personne n'a fait attention à moi.

Kit a pris le menu.

– Pas de pancakes ?

Il lui souriait toujours.

– Eh bien, j'imagine que je peux m'arranger pour vous avoir des pancakes. Mais uniquement parce qu'on n'est pas trop occupés. Elle m'a jeté un coup d'œil.

– Et pour la petite amie ?

– Je ne suis pas sa…

– Ce n'est pas ma…

On a dit ça avec un tel empressement horrifié tous les deux qu'elle a ri à nouveau.

– OK, OK. Autant pour moi. Qu'est-ce que je peux faire pour toi, chérie ?

Elle s'est tournée vers moi, le stylo prêt.

– Des œufs brouillés ? Avec des toasts ?

– Bien sûr. Un jus de fruits ?

On a acquiescé ensemble. Elle allait partir.

– Attendez, j'ai dit. J'ai regardé Kit. On se demandait…

Il a grogné et secoué la tête, mais j'ai ouvert le carnet et l'ai poussé sur la table avant qu'il ne puisse m'arrêter.

– Vous reconnaissez cette fille ? Elle est peut-être venue ici il y a quelques jours.

La serveuse a regardé la feuille puis moi, le visage soudain sévère.

– Ça ressemble beaucoup à la photo que la police a fait passer hier, elle a dit. Une pauvre fille qui s'est fait tuer sur la nationale. Vous savez quelque chose vous, les gosses ?

– Non, a dit Kit en hâte. Bon, en fait, c'est nous qui l'avons trouvée, mais on ne sait rien. Lucy, la sœur de mon ami – il a dit ça en roulant des yeux avec un air résigné –, s'est mise en tête que nous pourrions aider la police à découvrir ce qui est arrivé. Mais je lui ai expliqué qu'ils savent ce qu'ils font. Et puisqu'ils vous ont déjà parlé… Il m'a toisée du regard. Si on pouvait juste avoir un petit déjeuner, ce serait super.

La serveuse a paru se détendre, elle a fait cliqueter son stylo et l'a glissé dans l'anneau spiralé de son bloc-notes.

– Bien sûr. Ça arrive tout de suite.

– Attendez, j'ai insisté. Désolée, mais est-ce que vous la reconnaissez ?

J'ai ignoré Kit.

– Est-ce qu'elle est venue ici ?

La serveuse a secoué la tête.

– Non, chérie. Je ne l'ai jamais vue.

– Mais…

Kit m'a donné un coup dans le tibia sous la table.

– Aïe ! Je lui ai jeté un regard noir. Mais il n'y a pas beaucoup de restaurants par ici, non ?

La serveuse a glissé son bloc dans la poche de sa blouse.

– Non, y a rien dans le coin. Junie et moi on parlait de ça avec la police. Il y a une cafétéria à environ une heure, vers l'est, à Kilmore, près de la frontière.

Kit m'a regardée de travers.

– Autre chose ? Tu veux saupoudrer l'endroit avec de la poussière pour trouver des empreintes ?

La serveuse a ri, en faisant un clin d'œil à Kit.

– Je vais chercher ces pancakes, chéri.

– Putain, a fait Kit une fois qu'elle était partie. Tu vas pas lâcher l'affaire ? Je t'ai dit que la police s'occupait du problème. Arrête d'emmerder les gens.

– Je l'emmerdais pas. Je demandais juste. Elle s'en fichait.

J'ai laissé courir mon doigt sur le verre d'eau, en traçant des lignes ondulées sur la buée. Je voulais aller à Kilmore. Mais j'avais trouvé mieux que d'en parler à Kit.

chapitre 18

En rentrant chez Beth, on a conduit en silence pendant quasiment tout le trajet. J'avais mon carnet ouvert sur les genoux et je dessinais la silhouette des montagnes, une ligne irrégulière qui s'élevait au-dessus de l'étendue lisse du paysage.

– Elles sont éloignées de combien, d'après toi ? j'ai demandé à Kit.

Il a haussé les épaules.

– Une heure ou deux.

J'ai hésité, puis j'ai dit prudemment :

– On peut s'arrêter quand on passera à l'endroit où on l'a trouvée ?

Il a levé les yeux vers moi.

– Tu peux le voir de la voiture.

– Je sais, mais je veux descendre.

– C'est *quoi* ton problème ?

– S'il te plaît ?

Il a soupiré.

– T'es vraiment casse-couilles.

Le paysage était si plat qu'on a vu le ruban jaune de la police bien avant d'arriver, comme un message urgent au loin, barrant le bord de la route. Kit a ralenti et s'est garé sur l'accotement.

Tout semblait banal à la lumière du jour. Mais malgré tout, ma poitrine s'est serrée et mon cœur s'est mis à battre plus vite. La sensation était là, croissante, la même vague de terreur que cette nuit-là. J'étais assise dans le camion, incapable de bouger.

– Bon ? Tu veux pas sortir ? a demandé Kit avec impatience.

J'ai avalé ma salive.

– Je sais pas.

– Oh, allez, Luce ! Il a frappé de la paume sur le volant. Tu m'as fait m'arrêter. Va jeter un coup d'œil.

Comme je ne bougeais toujours pas, il s'est penché sur mes genoux et a ouvert ma portière.

– Vas-y. Qu'on en finisse.

Je suis descendue du camion et j'ai marché lentement en direction du bandeau affaissé. Le mot POLICE était imprimé sur toute la longueur, en lettres noires bien distinctes. Même sous le soleil éclatant, malgré le calme ambiant des lieux en plein jour, tout à coup j'étais à nouveau terrifiée. C'était idiot, je le savais. J'ai continué d'avancer, un pied après l'autre, pour me rapprocher de l'endroit. Quelque part au plus profond de moi, je croyais qu'elle serait toujours allongée là, morte, attendant qu'on la trouve.

La bande jaune était tendue au-dessus des buissons ras, entre deux cônes de plastique posés près de la nationale. Elle bloquait l'accès au bas-côté. Quand j'y suis parvenue, je me suis immobilisée. Je ne pouvais pas regarder. Le soleil réchauffait mon visage et j'ai fermé les yeux, en essayant d'effacer la panique de cette nuit-là.

J'ai entendu alors le gravier crisser derrière moi, tout comme l'autre fois, et j'ai su que c'était Kit. Il se tenait debout près de moi. Je sentais son regard sur moi. J'ai ouvert les yeux et j'ai vu le contour de son corps à elle tracé à la craie blanche. La limite encore fraîche, bien nette, de sa vie.

– Eh, a dit Kit.

Sa voix était douce et ça lui ressemblait si peu que j'ai eu peur de me mettre à pleurer.

– Luce.

– Ne sois pas gentil avec moi, j'ai dit désespérée. Je ne peux pas le supporter.

– OK.

Il m'a fait pivoter vers lui, j'ai tourné le dos au bandeau jaune et à la silhouette au sol :

– Allez. On y va.

Sa main sur mon épaule, une onde de chaleur m'a traversée. Et soudain j'ai eu envie de tout effacer de ma mémoire. J'ai repensé à cette nuit-là sur la route, comment il m'avait tenu les cheveux quand j'avais vomi. Je voulais penser à quelque chose qui n'ait pas un lien avec la fille.

Alors je l'ai enlacé et je l'ai embrassé.

C'était différent de la première fois. Ni brûlant ni brusque. Sa bouche était douce, il a été surpris. Mais presque immédiatement il m'a rendu mon baiser. Et j'ai ressenti des papillons dans le ventre. Je caressais ses cheveux, emmêlant mes doigts dans les boucles de sa nuque. Ses mains étaient sur mes épaules, puis mon visage, l'enserrant pour l'incliner vers lui. Je l'embrassais et l'embrassais encore. Je n'avais pas envie de m'arrêter. Je sentais le goût agréablement salé de ses lèvres, son torse peser contre moi. Je ne pouvais penser à rien d'autre. Quand il s'est enfin reculé, ma bouche était gonflée et j'ai eu l'impression que ma peau avait été détachée comme un pétale, dévoilant quelque chose de brut et de frémissant, quelque chose de vivant.

Kit se tenait devant moi, il me fixait du regard.

– On ne peut pas faire ça, j'ai dit.

Je n'arrivais pas à le regarder.

– OK.

– C'est trop…

– Oui. Je sais.

J'ai marché vers le camion.

– Luce.

– Oublions tout ça, OK ? J'essayais de feindre l'indifférence. Maintenant on est à égalité.

Je n'aimais même pas Kit. Et je l'avais embrassé deux fois. Enfin, plus que deux fois.

Sa bouche a eu un rictus.

– OK, on oublie.
– Très bien.
– Super.
On a ouvert les portières du camion en même temps. Impossible que je puisse oublier ce moment.

chapitre 19

Quand on est enfin retournés chez Beth, elle était agenouillée par terre dans le salon, en train de peindre et Jamie, couché sur le canapé, l'observait. Ou plutôt, il avait les yeux rivés sur elle. Comme s'il ne pouvait rien voir d'autre qu'elle dans la pièce. Kit et moi on a fait beaucoup de bruit en entrant. Ce n'était pas tout à fait délibéré, mais on a dû penser tous les deux à la même chose – on ne voulait pas les surprendre.

On a ouvert la porte avec fracas, en faisant tinter les clés et en criant, « Eh, on est de retour ! », à la manière de ces voix de sitcoms qui sonnent toujours faux. Les chiens se sont jetés sur nous, leurs griffes grattaient sur le plancher. Mais Jamie n'a même pas levé la tête.

– Vous êtes partis longtemps, a constaté Beth.

– Oui. On est allés vers l'est, a répondu Kit. L'endroit d'hier était beaucoup plus proche.

– La police a appelé, a-t-elle dit au bout d'un moment.

– Ah, ouais ? Kit m'a lancé un regard. Qu'est-ce qu'ils voulaient ?

– Ils ont reçu le rapport préliminaire du coroner. Ils connaissent la cause de la mort.

Beth s'est calée sur ses talons en nous regardant tous les deux, et Jamie s'est levé d'un coup, comme catapulté du canapé.

– Ouais, écoutez ça.

– Quoi ? j'ai demandé.

– Elle est juste morte.

– Hein ? a dit Kit. Qu'est-ce que tu veux dire ?

– Maladie congénitale du cœur, a dit Beth. Elle a fait une crise cardiaque. C'est incroyablement rare chez quelqu'un de son âge, mais ça arrive. Elle est morte sur le coup, a dit la police.

– Vous voulez dire qu'elle n'a pas été tuée ? a demandé Kit. Personne ne lui a rien fait ?

Je me suis tournée vers lui.

– Quelqu'un l'a laissée là.

Beth a acquiescé.

– Oui, quelqu'un l'a abandonnée là et la police cherche toujours. Ils n'ont pas réussi à trouver quoi que ce soit sur elle. Elle a hésité. Mais sa mort semble avoir été naturelle. Donc…

Elle a levé son pinceau, le tenant distraitement en l'air en regardant Jamie :

– Vous pouvez partir quand vous voulez.

– C'est vrai ? a lancé Kit avec empressement. Génial ! Il a consulté sa montre. Si on se met en route maintenant, on peut être à Phoenix vers minuit.

On pouvait partir. Ça paraissait impossible. Qu'on puisse s'en aller comme ça, laisser tout ça derrière nous. J'ai repensé au bracelet, caché dans la poche de mon sac à dos. À Jamie et Beth, ensemble, la nuit dernière, au baiser de Kit.

Une partie de moi désirait tellement partir. Cela faisait seulement deux jours qu'on était coincés là. On pouvait reprendre la route, retour à la normale. Ce serait un tel soulagement de retrouver le siège arrière brûlant de la voiture et d'écouter Kit et Jamie bavarder.

Mais une autre partie de moi refusait. Mon estomac s'est noué. Ce n'était pas terminé. Personne ne savait qui elle était, personne ne savait ce qui lui était arrivé. C'est nous qui l'avions trouvée. On ne pouvait pas s'en aller comme ça.

– On ne peut pas partir, a dit Jamie.

– Quoi ? Kit l'a regardé. Bien sûr qu'on peut.

– Non, j'ai dit. Moi non plus je ne veux pas m'en aller.

Maintenant Jamie me regardait, sans comprendre, mais reconnaissant. Beth ne disait rien. Elle l'observait tandis que son pinceau gouttait silencieusement sur le chiffon.

– Vous êtes malades tous les deux, a fait Kit. Et votre père ? Et nos vacances ?

– Je ne pars pas, a répété Jamie.

– Jamie… Kit a secoué la tête, regardant Jamie puis Beth. Putain c'est quoi… ?

Il s'est tourné vers moi.

– Moi non plus, j'ai ajouté calmement.

Kit a voulu dire quelque chose, puis a changé d'avis. Il s'est affaissé lourdement dans le canapé, en soupirant bruyamment.

– Vous êtes cinglés, a-t-il dit, en nous regardant tous les trois. J'espère que vous savez ce que vous faites.

Personne n'a pris la peine de lui répondre. Il n'y avait rien à dire.

Plus tard dans l'après-midi, j'étais allongée en travers du lit dans la chambre bleue, le téléphone pressé contre ma bouche pour parler à Ginny. J'avais trop de choses à lui raconter, et cette fois-ci, dire à voix haute toute l'histoire la rendait encore plus absurde, comme si je l'avais inventée de toutes pièces. J'ai commencé par la fille.

– Wow, a dit Ginny. Mais c'est *super*. Enfin, je pensais que Jamie allait finir en tôle, franchement. Qu'on irait lui rendre visite, genre, dans une *prison* du Nouveau-Mexique. T'imagines ? Et maintenant, plus rien.

– Ce n'est pas rien, j'ai dit. Elle est toujours morte.

– Je sais, je sais, elle a dit à la hâte. Et c'est tellement bizarre. T'as déjà entendu ça toi, mourir à vingt ans ? C'est flippant. Je ne voulais pas dire rien-rien. Je voulais juste dire que tu peux aller rejoindre ton père maintenant. Tu vois ?

– On ne peut pas, j'ai répondu. Pas encore.

– Pourquoi pas ?

J'envisageais toutes les réponses possibles à cette question et j'ai fini par tout lâcher :

– Jamie couche avec Beth.

Je l'ai entendue remuer, intéressée.

– Quoi ?

– Jamie. Il couche avec Beth.

– C'est qui ça ?

– La femme qui vit ici, chez qui on est logés. Je t'ai parlé d'elle. L'artiste.

– Mais je croyais que tu avais dit…

– Ouais, elle est vieille. Aussi vieille que…

Je n'avais pas envie de dire comme ma mère.

Ginny a poussé un long sifflement impressionné :

– Wow. Il *couche* avec elle ? T'en es sûre ? Peut-être qu'ils se sont juste pelotés.

J'ai soupiré.

– Non, je ne pense pas.

Je lui ai raconté ce qui s'était passé dans le couloir.

– Wow, elle a fait encore.

– Et Kit m'a embrassée, ai-je ajouté précipitamment, tentant le tout pour le tout. Autant tout lui dire.

– *Quoi ?* elle a hurlé dans le combiné, et j'ai pu entendre son matelas grincer alors qu'elle sautait sur le lit.

– Je sais.

– Kit la trique ? Tu plaisantes, j'espère.

– Non. Et tu ne peux plus l'appeler comme ça.

– Lucy ! J'y crois pas !

J'ai soupiré.

– C'est vrai.

– Putain de merde. Mais qu'est-ce qui se passe là-bas ? Je pense que vous feriez mieux de rentrer au Kansas, les gars, *pronto*.

– On va rentrer, j'ai dit avec ferveur. Vraiment on va rentrer. Mais pas tout de suite.

– Attends, une seconde. Dis-moi ce que ça fait d'embrasser *Kit*. Comment c'était ? Comment ça a pu *arriver* ?

– J'en sais rien. C'était juste… Je me suis sentie timide tout d'un coup. C'était agréable, j'ai fini par dire.

– Mieux que Scott Lampere ?

– Mais bien sûr, voyons.

– OK, OK. Mais quand même. Je n'arrive pas à imaginer. Kit est toujours si méchant. Il peut être *horrible*. Et il ne nous accorde jamais un regard. Je croyais qu'il pouvait pas nous encadrer.

– Moi aussi, j'ai fait.

Ginny s'est tue une minute. Comme je ne disais rien, elle a soupiré.

– Eh bien, faut croire qu'il a changé d'avis. Ce qui est pas mal.

Elle réévaluait la situation. Kit remontait dans son estime :

– Je veux dire, il est mignon. Faut bien l'admettre.

– Hum…

– Il est vraiment mignon, en fait.

– Je sais.

– Avec ses cheveux. Ses copines sont toujours jolies.

– Ouais.

– Alors tu penses que toi et Kit… ?

– Non, non, ce n'est pas ça. C'était juste un baiser.

Je me suis sentie rougir à cause du mensonge, mais je ne pouvais pas lui raconter la seconde fois. C'était quelque chose de tout à fait différent.

– Mais je ne comprends quand même pas comment ça s'est fait. Toi et Kit.

– Un truc idiot, j'ai dit.

Je lui ai expliqué que j'avais raconté à Beth que Jamie et Kit étaient gays :

– Du coup je pense qu'il l'a fait juste pour prouver quelque chose.

– Oh. Ginny semblait déçue. Donc tu ne penses pas qu'il t'embrassera à nouveau ?

– Non, j'ai dit fermement. C'était tout.

– Eh bien… Délicatement, elle a marqué une pause. Tu as *envie* qu'il t'embrasse à nouveau ?

– J'en sais rien, j'ai dit.

Elle attendait à l'autre bout du fil, je l'entendais respirer. J'ai hésité :

– Peut-être.

Elle a poussé un cri perçant qui s'est fondu dans un fou rire.

– T'as embrassé Kit ! *Kit !* J'y crois pas. C'est extra.

Elle a soupiré :

– J'aurais aimé être là.

– Oui, moi aussi, j'ai dit.

J'aurais vraiment aimé qu'elle soit là.

chapitre 20

Tout l'après-midi, j'ai observé Jamie et Beth. Ou Jamie observant Beth. Il n'y avait rien de manifeste entre eux – ils ne s'embrassaient pas ni ne s'étreignaient, ils ne se touchaient même pas, mais en même temps, il n'y avait aucun doute possible quant à ce qui s'était passé la veille. Jamie avait cette expression que je ne lui avais jamais vue. Il suivait Beth des yeux, chacun de ses mouvements, comme s'il cherchait à l'étudier et à l'apprendre par cœur. Et Beth paraissait aussi changée que lui. La puissance du regard de Jamie semblait la polir, juste sous nos yeux, la rendait douce et gracieuse, rendait sa peau plus lumineuse. Elle était resplendissante.

Kit l'a remarqué, lui aussi. Quand je suis allée dans la cuisine pour me servir à boire, il m'a suivie, l'air morose.

– Bon Dieu, elle est vraiment canon, a-t-il dit. Qu'est-ce qu'on s'en fout de son âge ?

J'ai haussé les épaules.

– Tu dois lui parler.

– Et pour lui dire quoi ? Félicitations ? T'as tapé dans le mille ?

– Non ! Pour lui dire d'arrêter.

Il a pouffé.

– Ah, non. Ça c'est ton domaine. C'est toi la prude.

– Arrête de dire ça.

Il m'a regardée, esquissant un sourire, et j'ai senti mes joues s'empourprer.

– Je ne suis pas prude, j'ai repris, exaspérée.

– OK, peut-être pas. Mais pour ce genre de choses, si.

– Enfin quoi, c'est mon frère ! J'ai pas envie qu'il ait des ennuis.

Kit a souri avec suffisance.

– J'appellerais pas ça des ennuis, moi. Mais si tu t'inquiètes tellement pour lui, t'as qu'à lui parler, toi.

J'ai soupiré, me préparant à la conversation qui allait suivre.

– Dis-lui de me rejoindre. On doit appeler notre père.

C'était vrai. Il nous attendait à Phoenix le lendemain. Mais je savais que Jamie ne voudrait pas lui parler, pas plus que moi. Aucun de nous ne pouvait lui avouer la véritable raison qui nous retenait ici.

Jamie a passé la porte, les joues rouges, l'air impatient.

– Qu'est-ce qu'il y a ?

J'ai essayé, l'espace d'un instant, de le voir comme Beth devait le voir, avec ses cheveux noirs lui tombant sur le front et l'éclat chaleureux de ses yeux. Dans ses yeux, on pouvait lire le moindre de ses sentiments. Cette façon d'être constamment à nu, vous ne la retrouviez chez personne d'autre.

Mais c'était trop difficile de le considérer en étranger. Tout, chez lui, m'était familier. C'était même difficile pour moi de le trouver mignon. Je savais qu'à l'école, il plaisait aux filles, mais c'était quelque chose que je n'avais jamais pu envisager. Il m'était impossible de l'imaginer comme une personne dont on pouvait tomber amoureux.

– On doit appeler papa, j'ai dit. Il nous croit toujours en route pour Phoenix, tu te souviens ? Il va être en colère.

Jamie s'est frotté le visage, en se renfrognant légèrement.

– Je lui ai parlé la dernière fois.

– Oui, mais c'est moi qui ai passé le coup de fil.

– Tu as juste laissé un message.

– Même. C'est ton tour.

Jamie a soupiré.

– Il me pose toujours un tas de questions. Si c'est toi qui appelles, il ne t'embêtera pas autant pour savoir pourquoi on est coincés ici.

Il avait certainement raison, mais je n'avais aucune envie le faire.

– À toi de l'appeler. C'est toi l'aîné.

Jamie s'est mordu la lèvre, en regardant par la fenêtre.

– Je vais essayer au bureau, il s'est décidé. Il n'y sera probablement pas.

Il a fini par appeler, en faisant les cent pas dans la cuisine, pendant que le téléphone dans le bureau de mon père sonnait si fort que je pouvais l'entendre à l'autre bout de la pièce. Au débit de sa voix, j'ai deviné que Jamie était tombé sur le répondeur.

– Salut, papa. On est toujours ici, au Nouveau-Mexique, et... Et manifestement on va y rester encore un moment. Il n'y a pas de soucis avec la police ni rien et la voiture n'a rien. Mais c'est juste que... Ça va prendre plus de temps que ce qu'on pensait. Donc on te rappelle quand on en sait plus. Désolé. J'espère que ça, euh, que ça ne fiche pas tes projets en l'air. Bye.

Jamie a raccroché.

– Tu lui as donné le numéro d'ici ?

– Non.

Jamie m'a regardée.

– T'as vraiment envie qu'il rappelle ?

– Non, c'est vrai.

Il s'apprêtait à retourner au salon, mais je l'ai retenu par le bras.

– Jamie.

– Quoi ?

– Cette histoire avec Beth...

– Eh bien quoi ?

– Tu dois arrêter.

Son visage s'est fermé, immédiatement.

– Elle est trop vieille pour toi.

Il me regardait, impassible.

– C'était juste, euh, une erreur.

J'ai essayé à nouveau :

– Je sais que ce n'est pas ce que tu voulais. Mais tu ne peux pas continuer.

– Si. Et ce n'est pas tes oignons.

– Mais, Jamie, j'ai protesté. Mais réfléchis, merde. Enfin quoi, maman et papa vont péter les plombs en l'apprenant.

– Ce n'est pas leur affaire non plus. Ça ne regarde personne.

– Mais c'est…

– Luce, a-t-il dit, d'une voix calme mais aussi définitive qu'une porte qu'on claque. Je ne vais pas en discuter. OK ?

Il a quitté la cuisine, et je suis restée debout près de la table, les ongles enfoncés dans le bois blanc.

chapitre 21

– Ça n'a pas marché, j'ai dit à Kit plus tard dans la soirée, alors qu'on faisait la vaisselle.

On s'était portés volontaires parce que Beth avait cuisiné pour nous – poulet au barbecue, épis de maïs. Jamie et elle avaient épluché le maïs, préparé la sauce et s'étaient occupés du grill, pendant que Kit et moi nous tenions en retrait, sans savoir comment s'intégrer dans leur collaboration qui semblait si naturelle. C'était comme s'ils avaient été ensemble depuis des années. Je guettais un signe quelconque chez Jamie montrant qu'il était embarrassé ou gêné ou honteux. Mais il ne semblait même pas remarquer notre présence.

À un moment, alors que je dressais la table dans la cuisine, j'ai jeté un coup d'œil par la fenêtre et je l'ai vu attraper Beth par la taille et l'embrasser dans le cou, avec une telle aisance que je me suis arrêtée un instant. Elle a fermé les yeux et a laissé aller sa tête, en faisant glisser sa main sur son visage.

Après le dîner, alors qu'on empilait les assiettes sales près de l'évier, Jamie a dit : « On va se promener ? » J'ai cru au début qu'il nous le proposait à tous les quatre, mais quand je me suis retournée pour répondre, il regardait uniquement Beth.

Maintenant il était sept heures, Kit et moi on se tenait debout dans la cuisine près de l'évier plein d'eau grise et mousseuse, en regardant Jamie et Beth traverser la cour dans le crépuscule bleu, leurs silhouettes floues se rapprochant à mesure qu'ils s'éloignaient de la maison.

– Qu'est-ce qui n'a pas marché ? a demandé Kit.

– Ma discussion avec Jamie. Il ne m'écoutera pas.

– T'as l'habitude, non ?

– Ouais. Je me suis essuyé les mains dans un torchon. Mais c'est important. Il sait que j'ai raison.

– Comment tu sais que tu as raison ?

Je l'ai toisé.

– À propos de ça ? J'ai raison, c'est tout.

– Parce que t'as toujours raison.

– Je n'ai pas dit ça.

– C'est ce que tu penses.

– Non, c'est faux. Je ne le pensais pas du tout.

J'ai jeté les épis de maïs dans la poubelle et claqué le couvercle.

– Arrête de t'en prendre à moi.

Je lui ai tendu les assiettes récurées. La ligne de sa mâchoire s'est tendue. Il ne semblait pas plaisanter.

– Exactement comme tu avais raison dans la voiture cette nuit-là, quand on a heurté quelque chose. Tu as dit qu'il fallait qu'on y retourne et qu'on aille voir ce que c'était. Et regarde comme ton plan a bien marché, regarde où on en est maintenant.

J'ai avalé ma salive.

– Qu'est-ce que tu veux dire ?

Il a chargé les deux dernières assiettes dans le lave-vaisselle, ses avant-bras étaient mouillés et luisants.

Il m'a regardée.

– Cette fille n'avait rien à voir avec nous. Et si on avait continué à rouler, si on avait roulé jusqu'à Albuquerque, on n'aurait pas eu d'ennuis avec la police. On n'aurait jamais rencontré Beth. Jamie n'aurait jamais couché avec elle. On serait arrivés à Phoenix le lendemain et, en ce moment, au lieu d'être coincés ici, on serait en train de passer les vacances avec ton père.

Il a claqué la porte du lave-vaisselle et, me prenant le torchon des mains, s'est essuyé avec brusquerie.

– Ce qui serait foutrement plus amusant que ça.

Je l'ai fixé.

– Donc maintenant tu me mets tout sur le dos ?

– Ouais, et ?

– Ce n'est pas ma faute si la fille est morte.

– Non. Mais c'est ta faute si on l'a trouvée.

J'ai fait volte-face avant qu'il puisse voir mon visage et j'ai couru me réfugier dans la chambre, en refermant d'un coup de pied la porte derrière moi.

Allongée sur le ventre, la tête dans l'oreiller et l'odeur fraîche des draps, je me suis retenue de pleurer. Pourquoi étais-je surprise ? Bien sûr, c'était ce que pensait Kit. J'avais gâché ses vacances. J'avais gâché les vacances de tout le monde et bien plus encore. Jamie se retrouvait dans cette galère à cause de moi.

Kit et moi on s'était embrassés, et embrassés encore, j'en tremblais rien que d'y penser. Mais ça ne l'avait pas transformé. C'était toujours Kit. Et j'étais toujours moi.

J'avais envie de parler à ma mère. Pas de lui dire tout ça, je ne pouvais pas. Mais juste entendre sa voix. Elle travaillait ce soir, en service de nuit à la clinique. Je me suis emparée du téléphone et j'ai composé son numéro.

– Centre de Santé des Femmes.

J'ai soupiré, le calme de sa voix me détendait.

– Maman, c'est moi.

– Oh ! Chérie, comment vas-tu ? Où es-tu ? Vous êtes en route pour rejoindre ton père ?

– Non, pas encore.

– Mais pourquoi ? L'affaire n'est pas réglée ? Ton père a parlé au shérif cet après-midi. Il a dit que vous étiez libérés.

– Oui, je sais…

J'ai hésité.

– Qu'est-ce qui ne va pas ? Que s'est-il passé ?

– Rien, maman. Il ne s'est rien passé. C'est juste que…

Un second appel sur la ligne nous a interrompues.

– Oh, attends une seconde, Lucy.

J'ai patienté.

– Tu disais quoi, chérie ? Pourquoi n'avez-vous pas quitté l'Arizona ?

– C'est juste que la police ne sait rien pour l'instant sur la fille. Ils n'ont rien trouvé, pas de carte d'identité, rien. Et il semble qu'elle soit morte d'une crise cardiaque.

– Oui, je sais. Ton père m'a dit. C'est vraiment étrange. C'est terrible. Pauvre petite, et sa famille… Ils ne doivent même pas savoir qu'elle est morte. Je préfère ne pas imaginer.

Je l'ai sentie frémir.

– Oh, attends une seconde.

J'ai patienté en écoutant les bips réguliers.

– Lucy ?

– Tu es occupée. Je peux t'appeler plus tard.

– Je ne serai pas à la maison avant minuit, chérie. Ça fera trop tard. Mais je ne comprends toujours pas pourquoi vous n'êtes pas encore partis. Est-ce que tout va bien ?

La ligne a bipé à nouveau, mais cette fois-ci elle l'a ignorée pour attendre ma réponse.

J'ai hésité. Rien n'allait.

– Oui, maman. Quand la police nous a prévenus, il était trop tard, tu vois ? J'ai pris une grande inspiration. On ne voulait pas conduire de nuit.

– Oh. Bien sûr, c'est plus raisonnable, surtout après ce qui s'est passé. Donc vous partez de bonne heure demain ? Comment va Jamie ? Est-ce qu'il a l'air mieux ?

J'ai dégluti.

– Je crois qu'il est encore secoué.

– Écoute, passe-le-moi une minute. Et après je dois te laisser. Ça n'arrête pas de sonner ici.

– Il... J'ai hésité. Il est dehors. Il est allé se balader.

– Ah bon ? Je pouvais entendre le doute pointer dans sa voix. Tu es sûre que tout va bien, Lucy ?

– Oui, on va bien. J'avais juste envie de te parler, c'est tout. Excuse-moi de t'avoir appelée au boulot.

– Non, non, je suis contente que tu l'aies fait. Appelle-moi demain, OK ? Je t'aime, chérie.

J'ai raccroché et écouté le silence dans la pièce. Je me demandais ce que dirait ma mère si je lui racontais tout. Ce qu'elle ferait. Voilà tout le problème quand vous dites quelque chose d'important à vos parents. Ils ne se contentent jamais d'écouter, ils doivent toujours agir. Ce qui parfois ne fait qu'empirer les choses.

J'ai tendu le bras et traîné mon sac à dos jusqu'au lit, puis ouvert la poche intérieure. Avec précaution, j'en ai sorti le bracelet. Le métal a étincelé. Les petites breloques dansaient et se sont entrechoquées en tintant. Du doigt, j'ai tapoté le fer à cheval et l'ai regardé tourner. J'ai déposé le bracelet sur la couverture à côté de moi. J'ai repensé au fin poignet de la fille, et combien il avait été facile de détacher le bracelet et de le glisser dans ma poche.

Peut-être que tout était de ma faute. Mais comment peut-on savoir si c'est la meilleure chose à faire ? Si l'on pouvait prévoir ce qui va se passer, ce serait différent. On ne ferait pas les mêmes erreurs. Je n'aurais jamais dit à Beth que Jamie était gay, si j'avais su à quoi ça nous mènerait. Mais sur le moment, l'histoire semblait si ridicule, tellement déconnectée de tout le reste. Comme de prendre le bracelet. Comme de regarder par la vitre éclaboussée de pluie de la voiture, cette nuit-là, et de dire « On doit y retourner ».

J'ai effleuré la délicate surface de chaque breloque. Je n'avais pas eu vraiment le choix, non ? On l'avait découverte, on devait bien faire quelque chose. On ne pouvait pas la laisser là, toute seule, abandonnée sur une route sous la pluie. Elle était la fille de quelqu'un. Peut-être la sœur. Ce n'était pas parce qu'elle était morte qu'on pouvait l'ignorer.

J'ai entendu les pas de Kit dans le couloir. J'ai refermé mon poing sur le bracelet et l'ai caché sous mon ventre.

– Luce ?

Il semblait impatient, aucunement désolé. Je n'ai rien dit.

– Qu'est-ce que tu fais là-dedans ?

J'ai enfoui la tête dans l'oreiller et marmonné :

– Rien. Va-t-en.

La porte s'est ouverte.

– Je t'entends pas, a-t-il dit, en s'approchant du lit.

Quand j'ai ouvert un œil pour le regarder, j'ai trouvé qu'il avait l'air un peu désolé. Mais j'ai tourné la tête, en serrant fort le bracelet contre moi. Il s'est assis sur le lit, les ressorts ont craqué et mon cœur s'est mis à battre un peu plus vite.

– Pourquoi tu te fâches ? Il a posé sa main sur mon dos, la paume bien à plat, je sentais ma peau fourmiller au contact de ses doigts, picoter sous leur chaleur. J'ai frissonné.

– T'es nerveuse. Il prenait la même voix qu'avec la serveuse. Je te rends nerveuse ?

– Non, j'ai dit, sans le regarder. Tu ne me rends pas nerveuse.

– T'es sûre ?

Il a écarté les cheveux de mon visage et s'est penché sur moi, son souffle caressait ma joue. Sa main traçait des cercles lents sur mon dos. Je me suis raidie.

– Je pensais qu'on n'allait pas le faire, j'ai dit.

– Faire quoi ?

Sa voix était douce. Il m'a tournée vers lui et m'a embrassée, sa bouche sur mon visage et sur mes lèvres, et soudain je me suis retrouvée collée contre lui, tendant les bras pour le tenir à deux mains, pour me retenir et empêcher la chambre de tournoyer.

Je me suis souvenu trop tard du bracelet. Il m'a échappé, tombant au sol dans un cliquetis.

Je me suis reculée, en retenant mon souffle.

Et ça a été mon erreur. Si j'avais continué à l'embrasser, Kit ne l'aurait jamais remarqué. Mais il levait déjà la tête pour regarder par-dessus le rebord du lit.

– C'est quoi ?

Je me suis mordu la lèvre. Il ne le reconnaîtrait pas.

Il l'a ramassé et ramené sur le lit, le déposant entre nous deux sur la couverture.

– C'est à toi ? il a demandé, fronçant les sourcils, incertain.

J'aurais pu mentir, trouver les mots justes pour qu'il me croie. Il n'aurait jamais su.

Mais j'avais envie qu'il sache. Parce que le problème quand vous mentez, c'est qu'au bout du compte, vous vous sentez terriblement seul.

J'ai fait non de la tête, lentement.

Il regardait toujours le bracelet. De l'index, il l'a disposé en cercle.

– Celui de Beth ? a-t-il demandé. Puis, se renfrognant. Non. Attends.

Il a levé les yeux et ils étaient plein d'étonnement.

– C'est le sien.

J'ai acquiescé.

– Tu as pris son bracelet ?

J'ai acquiescé encore.

– T'es malade.

J'ai pressé mon visage contre ses épaules.

– Je sais, j'ai dit, enfouie dans son tee-shirt.

chapitre 22

Le désir de rester ainsi, ma joue contre son teeshirt, était si fort que je ne pouvais me résoudre à bouger. Mais je n'avais pas le choix. Kit m'a repoussée, inclinant mon visage pour pouvoir me regarder.

– Tu as volé son bracelet ? Tu l'as pris sur le corps ?

Mon geste semblait bien plus grave, présenté de cette manière. J'étais incapable de lui répondre.

– Mais pourquoi ? Pourquoi t'as fait ça ?

J'ai roulé de l'autre côté du lit et caché mon visage dans mes mains.

– Je sais pas ! Je ne sais pas.

Il a gardé le silence. Quand j'ai écarté les doigts pour voir ce qu'il faisait, il contemplait le bracelet, soulevant chaque breloque et la faisant tourner dans sa main.

– Je ne voulais pas, j'ai dit avec désespoir.

Kit s'est contenté de me regarder.

– OK, j'avais l'intention de le prendre, mais pas de le voler. Je...

Je me suis interrompue. Il ne comprendrait pas. Personne ne comprendrait.

– Je voulais le mettre en sécurité. Tu vois ? La police était en route et je savais qu'ils emmèneraient le corps et je voulais simplement…

Comment expliquer ? Moi-même je ne comprenais pas mon geste.

– Quand est-ce que tu l'as pris ? Je ne t'ai pas vue faire.

– Jamie et toi, vous étiez en train de parler avec Beth. Juste avant que l'ambulance arrive.

– C'est vraiment n'importe quoi, a-t-il répété. La police a dit qu'elle n'avait pas de papiers d'identité sur elle. Un truc pareil pourrait être important.

– Je sais… Je sais.

J'ai touché sa main et ses doigts se sont refermés immédiatement sur les miens, si bien que le bracelet était compressé entre nos deux paumes. La chaleur de sa peau m'envoyait de petits picotements.

– Mais si je leur dis maintenant, si je cherche à leur rendre… Est-ce que c'est du vol ? Je vais avoir des ennuis ?

Il a retourné ma main et dénoué mes doigts pour attraper le bracelet. Il l'a balancé entre nous, à quelques centimètres de mon visage. La chambre était presque plongée dans le noir à présent. J'avais du mal à voir le bijou ou à distinguer l'expression de Kit. Impossible de dire à quoi il pensait.

J'ai avalé ma salive.

– Tu crois que je devrais leur en parler ?

Il a hoché la tête.

– J'en sais rien.

Je me suis rallongée sur le lit et lui ai tourné le dos.

– Et si c'était un indice ? Est-ce que ça aiderait la police à découvrir qui elle est ?

Le matelas a bougé et je l'ai senti s'enfoncer à côté de moi, ses épaules touchaient presque les miennes, mais pas tout à fait, et l'espace autour de moi s'est chargé d'électricité. Au bout d'un moment, sa voix a émergé de l'obscurité.

– Est-ce qu'il y a quelque chose dessus ? Je veux dire, en plus des breloques ?

– Non. Pas de nom, rien de tout ça. J'ai vérifié. Juste les breloques. Du genre qu'on achète dans un magasin de bijoux. Dans un centre commercial.

J'ai montré du doigt le cœur argenté :

– J'ai le même sur un bracelet à la maison.

– Alors ça ne changerait peut-être rien, de toute façon.

Je savais qu'il essayait de me remonter le moral.

J'ai regardé par la fenêtre la nuit bleu noir.

– C'est la pire chose que j'aie jamais faite, j'ai dit d'une voix creuse.

Kit a grogné, à nouveau lui-même.

– Mais non.

– Si. J'ai volé quelque chose à un mort.

– Oh, allez. Tu as certainement fait pire que ça.

– Non. Pas vraiment.

Je me suis tournée légèrement pour observer son profil flou dans le noir et sentir la chaleur de son corps proche du mien.

– C'est quoi la pire chose que tu aies jamais faite ?

Il a éclaté de rire, mais soudain j'ai eu envie de savoir. Ça semblait important.

– Réponds-moi.

– T'es sérieuse ? Ça prendrait toute la nuit.

– Pas tout, j'ai dit, agacée. Seulement la pire. S'il te plaît.

Je chuchotais presque.

– Je te l'ai bien dit, moi.

Kit s'est tourné vers moi, son visage posé à quelques centimètres du mien sur l'oreiller. Je regardais ses lèvres bouger dans le noir, changer doucement de forme.

– La pire chose ? Bordel.

– Et pas un de vos exploits du bahut, à toi et Jamie.

Il s'est tu un instant. Puis il a croisé ses mains derrière la tête et fixé le plafond.

– OK. La pire…

Dans le peu de lumière qui entrait encore par la fenêtre, je le voyais mordiller sa lèvre inférieure.

– L'année dernière, Jamie et moi on était sortis dans un bar, tard…

Immédiatement, j'ai souhaité ne pas lui avoir posé cette question. Bien sûr que ça impliquerait Jamie et que ce serait quelque chose que je ne voudrais pas entendre.

– Tu veux dire pour boire ?

– Euh, ouais, c'est ce qu'on fait généralement dans un bar. Mais pas près de la maison, hein. Pas dans en endroit où on aurait pu nous reconnaître. On était vers Winston.

Winston était à peu près à une heure de chez nous, une petite ville avec un collège communautaire* fréquenté majoritairement par des enfants de fermiers et une minuscule rue principale délabrée. Et on était là depuis un moment, deux ou trois heures, quand ce type est entré, accompagné d'une très jolie femme, une rousse. Ils étaient un peu ivres, s'embrassaient et tout le monde les regardait, et…

Il s'est interrompu.

– Quoi ?

– Et c'était mon père.

Je l'ai regardé. Les parents de Kit étaient tous deux d'une beauté sophistiquée, glacée, comme sortis tout droit d'une publicité pour un country club.

– Mais…

– Ouais. Mon père. Avec cette femme. Il ne nous a pas vus, donc on s'est faufilés dehors. Jamie et moi on ne voulait pas être pris sur le fait.

– Oh. Non.

– Mais voilà, du coup, je savais pour mon père. Et j'étais furieux. Tu sais, ce n'était pas un énorme choc. Je m'étais bien rendu compte qu'il couchait à

---

* Aux États-Unis, l'inscription aux grandes universités est aussi chère que sélective. Accessible à tous et sans limite d'âge, les *community colleges*, à fort enracinement local, proposent aux classes populaires un cursus sur deux ans pour accéder à l'enseignement supérieur ou se recycler professionnellement. (Note de la traductrice.)

droite et à gauche. Mais il s'imaginait quoi en venant à Winston, à une heure à peine de chez nous, avec une autre femme ? N'importe qui aurait pu le voir. T'y crois à ça ?

Il a tendu un bras par-dessus sa tête et a tapoté le mur avec ses doigts.

– Du coup, j'ai pensé que je devais le dire à ma mère.

Sa bouche s'est tordue brutalement.

– Il la prenait pour une idiote, tu vois ? Je veux dire, pourquoi elle aurait dû rester là à l'attendre, à repasser ses chemises et préparer à dîner alors que pendant tout ce temps, il...

Je me suis penchée vers lui, j'ai regardé son visage. Je voulais effacer cette grimace qui tordait sa bouche de colère, la faire disparaître.

– Tu n'es pas obligé de me raconter.

– Non, écoute-moi. Donc, je suis nerveux à l'idée de lui parler, tu imagines. Qui a envie de dire ce genre de choses à sa mère ? Mais un jour, je crache le morceau, simplement. Je lui raconte toute l'histoire, notre présence dans le bar, ce qu'on a vu.

Il a hésité.

– Que s'est-il passé ? j'ai murmuré.

– Elle m'a giflée. En pleine figure. Elle a dit, « Mais tu te prends pour qui, bon Dieu, pour me dire une chose pareille ? »

Je le fixais du regard.

– Et c'est tout. On n'en a plus jamais reparlé.

Soudain, rien n'était plus facile que de traverser le champ magnétique qui nous séparait et de glisser ma main dans la sienne en la serrant fort. Je le connaissais depuis des années, mais peut-être que je ne le connaissais pas du tout. Vous pouvez passer des mois et des mois avec quelqu'un et ne rien apprendre de cette personne, et à l'inverse, la découvrir en quelques minutes, grâce à une seule histoire. Peut-être que chacun d'entre nous a une histoire, une seule, qui explique qui nous sommes réellement.

– Kit, j'ai dit, en me pelotonnant contre lui, le front appuyé contre ses épaules. Ce n'est pas la pire chose que tu aies faite. C'est la pire chose qu'ils ont faite, eux.

– Non, il a dit d'une voix forte. Je n'aurais pas dû lui dire. Ce n'était pas mes affaires. Et ça aurait pu foutre en l'air leur relation. Peut-être que c'est ce qui est arrivé.

– Pourquoi était-elle si en colère après toi ? Elle pensait que ce n'était pas vrai ?

Il a fait non de la tête.

– C'est ce que j'ai pensé au début, qu'elle ne me croyait pas. Mais ensuite je me suis dit que non, elle me croyait. Elle savait déjà. Et je n'étais pas censé montrer que je savais moi aussi, parce qu'alors ça devenait tout simplement trop difficile… De continuer à gérer tout le truc. Elle pensait que c'était… Je ne sais pas, irrespectueux ou quelque chose comme ça. Que moi je lui dise pour mon père.

J'ai serré sa main dans le noir.

– Je suis désolée.

– Ouais. Ben, ça arrive.

Dans la cour, on a entendu tout à coup les chiens qui aboyaient bruyamment, et puis des voix s'approcher.

– Ils sont de retour, j'ai murmuré, en me redressant. Tu ferais mieux de partir.

Il m'a regardée en silence pendant un instant, puis s'est levé d'un bond et a quitté la chambre.

chapitre 23

J'ai ôté mes vêtements dans le noir et laissé tomber le bracelet dans mon sac à dos. Je pouvais entendre Jamie et Beth dans le couloir. Je ne distinguais pas ce qu'ils disaient, rien que le flot bas et continu de leur conversation, des mots qui se mêlaient ou se distinguaient, ponctués par son rire léger à elle, la hâte de ses réponses à lui.

Il est en train de tomber amoureux d'elle, j'ai songé.

Comment était-ce possible ? C'était trop rapide. Mais je pouvais le sentir.

J'ai rampé sous les draps frais, m'efforçant de suivre leurs voix dans la tranquillité ambiante. Après un moment, je les ai entendus ouvrir la porte de la chambre de Beth et y entrer. En se refermant, la porte a fait un bruit mat et définitif comme un couvercle refermé dans un claquement sec. Confinant Jamie, le séparant de Kit et de moi.

J'ai rêvé à nouveau de la fille. Je voyais la route et j'entendais la pluie battante, exactement comme les deux nuits précédentes. Je commençais à me dire que je n'arriverais plus jamais à dormir. Parfois je ne pouvais même pas dire si j'avais dormi avant que le rêve ne surgisse, tellement réel que je me réveillais en tremblant.

Cette fois-ci, la fille s'est relevée, rayonnante dans la lumière des phares. Ses bras étaient tendus en avant et ses lèvres remuaient. J'essayais ardemment d'entendre ce qu'elle me disait, mais sa voix était étouffée. Je savais qu'elle demandait de l'aide. Mais avant que je ne puisse deviner ce qu'elle voulait, la voiture l'a heurtée.

Je me suis redressée, le souffle court. Ma montre indiquait 02:00.

Je me suis rallongée et j'ai remonté les draps sous mon menton en écoutant la maison silencieuse. Je pouvais entendre de faibles bruits dans la cuisine. C'était peut-être Jamie, j'ai pensé. Peut-être pouvais-je essayer de lui parler à nouveau.

Mais en passant la porte de la cuisine, c'est Beth que j'ai vue.

Dans l'obscurité, elle semblait surnaturelle, sa robe de chambre avait glissé, découvrant une épaule brune. Ça ne ressemblait pas au genre de robe de chambre qu'elle aurait pu porter. Elle était si délicate, et il n'y avait rien de délicat chez Beth, avec ses mains tachées de peinture et son attitude pragmatique. Elle se tenait debout près de l'évier, le regard perdu au-dehors.

Je me suis appuyée au montant de la porte pour me stabiliser et j'ai dit :

– Tu dois arrêter.

– Oh ! Elle s'est retournée, elle a croisé ses bras sur son ventre. Lucy, je ne t'ai pas entendue. Que fais-tu debout ?

– J'ai fait un cauchemar.

– À propos de quoi ?

J'ai haussé les épaules.

– S'il te plaît, j'ai dit. Tu dois arrêter. Jamie est trop jeune.

Elle m'a jeté un long regard circonspect.

– Je sais ça.

– S'il te plaît, j'ai essayé à nouveau. Je sais qu'il… Je sais qu'il est mignon, et que tu ne rencontreras probablement jamais quelqu'un dans le coin mais…

– Ce n'est pas ce que tu penses.

J'ai dégluti.

– Je sais très bien ce qu'il se passe. J'ai des yeux, OK ? Je peux sentir ce qu'il ressent pour toi. Et…

Je me suis arrêtée. Puis j'ai lâché précipitamment :

– Et tu es trop vieille !

Elle a reculé, ses sourcils se sont froncés.

Mais je ne pouvais plus me contenir maintenant. Si je ne pouvais pas raisonner Jamie, au moins je pouvais convaincre Beth.

– Tu dois arrêter cette histoire. Enfin, c'est toi l'adulte. Il vient juste d'avoir dix-huit ans. Tu le sais ça, non ? Il va obtenir son diplôme dans deux mois. Il ira à l'université de l'Illinois l'automne prochain. Il a toute une vie qui l'attend à la maison… Des petites amies et le sport et un boulot.

Elle se taisait. Elle ne me regardait plus.

Je me suis raccrochée à l'encadrement en bois de la porte.

– Ça veut dire quoi être responsable ? Penser aux conséquences ?

Je parlais comme l'infirmière autoritaire du lycée, et ses leçons de morale sur les relations sexuelles protégées.

– Les conséquences, a dit Beth. Elle a secoué la tête. Je sais ce que tu peux penser. Mais Lucy, voilà c'est… Elle s'est interrompue. Tu sais quoi ? Tout le monde dit qu'avec l'âge, on devient plus prudent, qu'on craint plus le changement. Mais ce n'est pas vrai. La vérité c'est qu'on devient plus hardi. Tu ne t'inquiètes plus de savoir si c'est dangereux, parce que la chance pourrait bien ne plus se présenter.

Elle a fermé les yeux et elle s'est massé le front :

– Tout acte a des conséquences. Pas seulement les choses que l'on fait, mais aussi celles qu'on ne fait pas.

Je l'ai scrutée du regard.

– Mais pourquoi Jamie ? Pourquoi pas quelqu'un d'autre ? Quelqu'un qui vit ici, le shérif, quelqu'un de ton âge.

La situation semblait désespérée, même pour moi.

Elle continuait de regarder par la fenêtre.

– Je n'ai rien planifié, elle a dit. Je croyais qu'il était gay, tu te souviens ?

Elle m'a jeté un coup d'œil, mais il n'y avait rien d'accusateur dans son regard, juste une sorte de compréhension douce :

– Tu sais quoi ? Je ne me suis jamais sentie seule ici, a-t-elle continué. Jamais. Jusqu'à Jamie. Alors, je ne sais pas pourquoi, je me suis sentie si seule que je ne pouvais plus le supporter.

Un sentiment de panique enserrait ma poitrine comme un poing.

– Mais ça, ça vaut pour toi, j'ai dit. Pas pour Jamie. Il ne se sent pas seul. C'est juste un enfant.

J'ai vu sa tête fléchir légèrement. J'ai hésité :

– Je pense qu'il est en train de tomber amoureux de toi.

Beth ne me regardait toujours pas. Sa voix s'est faite plus faible.

– Je sais.

Je ne pouvais pas en entendre plus.

– Tu profites de lui. Tu vas lui faire du mal.

Elle a tressailli, comme si je l'avais frappée, et a fini par se retourner pour me faire face, les joues rouges.

– Je ne veux pas te parler de ça.

Elle est passée devant moi et a pris le couloir pour regagner sa chambre.

Je suis restée dans la cuisine, tremblante. Soudain la vérité m'a frappée telle une gifle, je ne pouvais pas rester plus longtemps ici. Je ne pouvais pas rester dans cette maison et assister à ce qui allait arriver entre eux deux. C'était trop. Et le seul moyen de partir, c'était de convaincre Kit de m'emmener.

Le corridor était enveloppé par l'obscurité. J'ai cherché la porte du bureau et marqué une pause avant d'entrer. Mon cœur cognait dans ma poitrine. Puis j'ai ouvert.

Kit était couché sur le dos, torse nu, une couverture à moitié tirée sur lui. Son souffle était régulier. La lune brillait, tel un œil impassible à travers la fenêtre, jetant une lumière douce sur son visage.

– Kit, j'ai murmuré.

Il n'a pas bougé.

Je me suis agenouillée près de lui et, hésitante, j'ai posé ma main sur son épaule. Sa peau était chaude, ferme.

– Kit, j'ai fait à nouveau, plus fort.

Pas de réponse. Son souffle n'a pas varié d'un iota.

J'ai pensé à la fille, et une peur glaciale m'a traversée. Je me suis allongée sur le sol, près de lui.

– Kit, qu'est-ce qui va nous arriver ? j'ai murmuré, ma bouche collée contre son épaule.

Il n'a pas plus bougé. J'ai guetté sur son profil un signe prouvant qu'il m'entendait. Je respirais son odeur forte et sucrée, celles entremêlées de ses cheveux, de son cou et de son corps ensommeillé. J'ai posé ma main sur son torse pour sentir le battement sourd de son cœur.

Alors il s'est réveillé, en remuant légèrement, et s'est tourné. Il a tendu une main endormie vers moi, il a senti mon corps à travers mon tee-shirt. Je me suis pelotonnée contre lui. Il me caressait, ses mains étaient chaudes et j'ai pensé – de la façon dont le corps sait des choses que l'esprit ne peut que deviner – *il a fait ça plein de fois.*

– Kit, j'ai dit à nouveau.

– Quoi ? Sa voix était douce. Qu'est-ce que tu fais ici ?

– Je veux partir. J'ai frôlé son visage. Je veux aller à Kilmore.

Ses yeux étaient toujours fermés, mais sa main a glissé sous mon bras dans une caresse et a entouré mon poignet.

– De quoi tu parles ? il a marmonné.

– Je ne peux plus rester ici. S'il te plaît, Kit. On peut s'en aller ? On peut aller à Kilmore ?

Mes lèvres jouaient contre sa peau et j'ai eu le vertige, j'étais incapable de penser, mais je voulais l'entendre me dire oui.

– OK, OK. Mais ne parlons pas de ça maintenant, il a murmuré en m'attirant contre lui. Demain matin.

J'ai passé ma main dans ses cheveux.

– Non, maintenant. Je veux partir maintenant.

Il a alors ouvert les yeux. Il a reculé, sa main enserrait toujours mon poignet.

– Quoi ?

– On doit partir maintenant, j'ai dit.

Il a froncé les sourcils.

– Pourquoi ?

Je me suis agenouillée, j'ai rabaissé mon tee-shirt en frissonnant.

– Je ne peux plus rester ici. Si tu ne m'emmènes pas, je conduirai moi-même.

Je l'ai regardé droit dans les yeux pour être sûre qu'il me croie.

Il s'est assis lentement, en se passant la main sur le visage.

– De quoi tu parles ? Tu ne sais pas conduire.

J'ai essayé de ne pas regarder son torse.

– Si je sais ! Suffisamment. Assez pour aller à Kilmore.

Ce n'était pas vrai. Je n'avais conduit que quelques fois avec ma mère, sur des parkings et dans des rues à sens unique. Je ne passerais pas mon permis avant un an.

Il a secoué la tête et m'a regardé avec plus d'attention. Je n'ai pas pu croiser son regard.

– Mais que se passe-t-il ? Quoi, merde, il y a le feu au lac ?

Je ne pouvais pas répondre. J'ai donc fait ce que, plus tard, j'aurais préféré ne pas avoir fait. Je me suis penchée vers lui et j'ai passé mes bras autour de son cou, en tournant son visage vers le mien. Je l'ai embrassé, et j'ai continué à l'embrasser jusqu'à ce que je sente son hésitation s'évaporer dans le noir et que je ne puisse plus dire où mon visage commençait et où s'arrêtait le sien. Cette fois, ce qui se passait entre nous n'était ni un accident ni une surprise. C'était un choix.

À la fin de notre étreinte, la seule chose qu'il a dit fut :

– OK.

Je ne sais pas si c'était le fruit du baiser ou si d'une certaine manière il avait compris, ou s'il savait qu'il ne me ferait pas changer d'idée. Mais quelle que soit la raison, il a repoussé la couverture et a commencé à rassembler ses affaires puis les a fourrés dans son sac marin. Et j'avais peine à le croire : nous, trébuchant dans le noir, passant sur la pointe des pieds devant la chambre de Beth et Jamie, et laissant sur la table de la cuisine un petit mot griffonné à l'attention de mon frère.

J'ai jeté des restes de poulet dans la gamelle des chiens pour les empêcher d'aboyer alors que nous partions. Kit a trouvé les clés de Jamie dans le bureau et a glissé son mobile dans la poche de son jean. Dans le silence, juste avant l'aube, on a traversé la cour et on est montés dans la voiture glacée, pour la première fois depuis l'accident.

En route pour Kilmore.

chapitre 24

Le trajet était long sur la route noire qui s'étendait jusqu'à l'horizon. Rapidement on est arrivés à l'endroit où on avait trouvé la fille, mais on est passés à toute allure.

J'étais assise près de Kit. À moitié calée sur le siège passager, à moitié contre lui, parce que ça nous avait semblé la chose la plus naturelle à faire en montant dans la voiture. Il conduisait d'une main, l'autre posée sur ma jambe, juste au-dessus du genou. Son pouce décrivait des cercles paresseux sur ma cuisse.

Il m'a jeté un coup d'œil.

– Alors, c'est quoi le super plan, une fois arrivés à Kilmore ?

Je devinais qu'il me taquinait, mais je m'en fichais.

– On ira dans les restaurants, les magasins, peu importe. On va montrer le croquis et on demandera si quelqu'un l'a vue. On verra bien ce qu'on peut trouver.

Son pouce a cessé de caresser ma jambe.

– Hum, et dis-moi pourquoi ça marcherait. Pourquoi penses-tu qu'on va découvrir un détail que la police ne sait pas déjà ?

– Parce que… Eh bien, peut-être qu'on pensera à quelque chose auquel ils n'auront pas pensé.

J'ai soupiré.

– C'est toujours mieux que de traîner chez Beth et de voir Jamie gâcher sa vie, non ?

– Qui a dit qu'il gâchait sa vie ?

Je n'avais aucune envie d'argumenter là-dessus. J'ai enlacé mes doigts aux siens et replacé sa main sur mon genou.

– Je sais, tu penses que je… Je me suis interrompue. Que je dramatise. Mais c'est mon frère, OK ? Franchement, tu peux pas trouver ça normal de coucher avec quelqu'un qui a plus de vingt ans que toi. T'es en train de me dire que ça ne te fait pas flipper du tout ? Pas même un petit peu ?

Kit a haussé les épaules.

– Pas vraiment. Enfin, crois-moi, ça m'ennuierait si elle était moche. Mais c'est pas le cas. D'une certaine manière, je le comprends. Elle est vraiment sûre d'elle. Elle sait ce qu'elle fait.

J'ai attendu, mais il n'a rien ajouté.

– Et voilà ? Ça suffit pour que Jamie couche avec elle ?

– Ben, ouais. Et tout ce qui va avec. Elle dit ce qu'elle pense. Te regarde droit dans les yeux.

Il a ri en voyant mon expression.

– Quoi ? Eh oui, c'est pas seulement une question de nichons.

– Mais c'est la seule chose dont vous parlez, Jamie et toi, j'ai protesté.

– Ouais, bien sûr. Mais c'est plus complexe que ça.

J'ai soupiré.

– OK, peut-être que ça explique l'attitude de Jamie. Mais la sienne ? Qu'est-ce qu'elle lui trouve ?

Kit a grogné.

– Il a dix-huit ans. Elle n'est plus toute jeune. Je pense que c'est plutôt évident.

J'ai secoué la tête.

– Non, ça ne semble pas être son genre.

J'ai repensé à la façon dont Jamie la regardait, et la sensation que ça devait lui procurer. Je me suis demandé si on pouvait tomber amoureux de l'image que l'autre a de vous, une sorte de version miroir de soi-même.

– Ne t'inquiète pas pour ça, a dit Kit. C'est pas comme s'il avait l'intention de déménager au Nouveau-Mexique et d'avoir une flopée d'enfants avec elle. Tu sais, il prend juste du bon temps. On ne peut pas l'en blâmer. Ni elle.

J'ai gardé le silence. Inutile de continuer.

Autour de nous l'obscurité changeait, virant au bleu, puis au gris, puis au rose violet à l'horizon. Le désert était strié de couleurs. La masse indistincte des montagnes se rapprochait.

Je me suis penchée sur la banquette arrière et j'ai trouvé mon carnet, puis je me suis collée contre la fenêtre pour dessiner.

– Eh, tu fais quoi ?

Kit s'est baissé pour attraper ma cheville.

Je me suis moqué de lui mais j'ai laissé ses doigts s'enrouler autour de mon pied.

– J'allais dessiner les montagnes. Mais peut-être que je vais plutôt te dessiner.

– Quoi, comme ça ?

– Oui, ton profil. C'est plus facile en fait.

Je me suis appuyée contre la portière, les pieds calés sur sa jambe, et j'ai esquissé rapidement son portrait, la pointe du stylo grattait doucement la feuille. Une partie de moi n'arrivait pas à croire que c'était réellement Kit Kitson. J'étudiais son sourire, ses cheveux en bataille. J'aimais la constellation désordonnée de taches de rousseur qui couvrait ses joues, elles le faisaient paraître plus jeune. Le stylo s'activait sans relâche, remplissait la page : des lignes douces, les ombres sous ses yeux et la texture de ses boucles.

Je me suis rappelée ce que Beth avait dit : que je devais dessiner ce que je ressentais. J'ai essayé de penser à ce que je ressentais pour Kit. Je ne le voyais plus de la même façon, comme un jour plus tôt à peine. Le visage sur la feuille avait des traits rieurs et une bouche aimable. Je pouvais sentir sa peau en dessinant. Le fléchissement de sa lèvre inférieure, l'angle dur de sa mâchoire.

– Allez, fais voir, a dit Kit.

– Non, j'ai pas terminé.

– Laisse-moi voir ce que tu as déjà.

– Nan.

J'ai refermé le carnet d'un geste sec et l'ai jeté par-dessus le siège.

– Pourquoi ? Tu l'as raté ?

– Non ! J'ai juste pas envie de te le montrer maintenant.

– On dirait bien que t'as foiré.

– Arrête.

J'ai tenté de lui donner un coup, mais il a attrapé mon pied et l'a tenu fermement. Je pouvais sentir la pression de ses doigts jusque dans mes os. Je me suis sentie heureuse soudain. En dépit de tout le reste – la fille, Jamie et Beth, et ce qui pourrait arriver ensuite – là, dans la voiture, j'étais heureuse, avec la main de Kit posée sur moi et l'étrangeté aride du désert qui se révélait dans la lumière, retenant son souffle tout autour de nous.

– Quand est-ce qu'on arrive ? j'ai demandé.

Kit a secoué la tête.

– Je sais pas. C'est immense ici. Tout est super loin.

Le soleil brillait haut dans le ciel et on avait traversé les collines, quand, affamés, on a aperçu le panneau indiquant Kilmore. Ce n'était pas vraiment une ville, mais plutôt un paquet de routes qui se déversaient en direction de la nationale, avec des grappes de bâtiments de chaque côté, deux stations-service, une cafétéria et un motel en béton pourri, surmonté d'un néon géant en forme de cactus.

– Eh, j'ai dit. Est-ce qu'on s'est pas déjà arrêtés là avant ?

Kit a acquiescé d'un signe de tête en regardant autour.

– Ouais, on a mangé là à l'aller.

– C'est là que tu as eu les bières.

Le coin de sa bouche s'est affaissé.

– Ouais.

Le restaurant se trouvait de notre côté de la route, sur le parking, des semi-remorques étaient stationnés, trois d'entre eux, énormes, argentés, semblaient vaguement menaçants. Kit a quitté la nationale et s'est garé.

– OK, il a dit, en lâchant mon pied. Fais ce que t'as à faire.

Je l'ai regardé.

– Merci de m'avoir déposée.

Il a souri.

– C'est pas comme si j'avais mieux à faire.

– Je sais, mais quand même. T'as même pas trop râlé.

J'ai pris mon carnet à dessin et je m'apprêtais à sortir de la voiture quand il m'a attrapée par l'épaule. Il m'a attirée vers lui, a glissé ses bras autour de moi et posé sa bouche sur la mienne. Dans le petit monde créé par ce baiser, je ne pouvais penser à rien d'autre.

Kit a entouré mon visage de ses mains. Il le tenait avec tant de précaution que ça me donnait l'impression d'être une petite chose fragile, un nid d'oiseaux ou une bulle de verre.

– J'aime t'embrasser, il a dit.

Je l'ai regardé droit dans les yeux.

– Moi aussi, j'aime t'embrasser.

C'est seulement plus tard que j'ai repensé à ses mots, « J'aime t'embrasser », et pas « Je t'aime ».

Il était presque sept heures du matin, et le restaurant était plein ; des serveuses se croisaient entre les tables, s'arrêtaient pour rire à un mot prononcé par l'un des clients. Pour la plupart des hommes, majoritairement des routiers, qui portaient tee-shirts et casquettes, leurs bras brunis par le soleil. À notre arrivée, ils ont levé la tête par curiosité, puis le boucan de leur petit déjeuner a repris – crissements des fourchettes dans les assiettes, longues gorgées de café lampées bruyamment.

– Eh, s'est exclamé Kit. C'est la fille qui nous a servis la dernière fois.

La jolie Mexicaine, avec qui Jamie et lui avaient testé leur espagnol, rapportait un plateau de vaisselle sale à la cuisine.

On s'est assis près d'une fenêtre entrouverte qui donnait sur le parking poussiéreux. Le paysage était différent ici. Il y avait plus d'arbustes et des îlots d'arbres. Des falaises striées de rouge s'élevaient dans le lointain. On était passés devant de longues sections de clôtures barbelées derrière lesquelles paissait du bétail.

Une odeur d'essence flottait dans la salle. Il y avait deux menus en carton jaune, tachés et pliés, fourrés entre un porte-serviettes et une grande bouteille de ketchup.

La fille mexicaine est venue à notre table, un stylo à la main et a dit, hésitante :

– Oui ? Que puis-je pour vous ?

– *Hola, guapa*, s'est exclamé Kit, en lui adressant un immense sourire. Tu te souviens de moi ?

Elle a souri en retour et a acquiescé en vérifiant du côté de l'entrée.

– *Hay otro* ? L'autre garçon ?

Sa voix roulait, trille exotique et doux.

Elle se souvenait donc de nous. Cela faisait seulement trois jours.

– Non, j'ai dit. Il n'est pas avec nous.

Kit ne cessait de lui sourire.

– Ouais, cette fois il faudra te contenter de moi. Tu penses pouvoir gérer ?

Je ne pouvais pas croire qu'il faisait ça devant moi. Je l'ai regardé de travers, mais déjà la serveuse riait, détendue.

– OK. Qu'est-ce que je vous sers ?

J'ai dit rapidement :

– En fait, ça vous ennuierait si on vous demandait quelque chose ? Le jour où on était là, samedi, avez-vous vu cette fille ?

J'ai fouillé dans mon carnet tandis que Kit soupirait.

– Elle est peut-être venue ici pour petit-déjeuner ou un midi ?

La serveuse a paru désorientée.

– *Otra vez* ? elle a dit en se tournant vers Kit. Je ne comprends pas.

Je lui ai tendu le carnet et son visage a changé. Elle nous a regardés Kit et moi, puis a quitté brusquement la table.

– Super, c'était fin, a dit Kit. Bien joué. Elle n'a même pas pris notre commande.

– Elle aurait pris notre commande, il y a dix minutes déjà si tu n'étais pas si occupé à la draguer, j'ai rétorqué, cassante.

– Oh, lâche-moi la grappe. Je ne la draguais pas.

– Mais non. Tu aurais agi de la même façon si ç'avait été un homme.

– Bien sûr.

J'ai roulé les yeux en le regardant.

– Peut-être que t'es vraiment homo.

Il a voulu réagir, mais s'est contenté de rire. Il a pris ma main sur la table et a fait courir ses doigts, légèrement, sur mon avant-bras. J'ai frissonné.

– Arrête, j'ai dit. Regarde, quelqu'un vient.

Une femme plus âgée, avec des cheveux gris, courts, fonçait vers notre table.

– Elena dit que vous avez des questions ?

J'ai hoché la tête en tendant le carnet.

– On se demandait juste si cette fille était passée. Si vous l'aviez vue ces derniers jours ?

– Pourquoi vous voulez savoir ça ? a dit la femme, froidement.

Kit ne lèverait pas le petit doigt pour m'aider. Il s'est installé confortablement et m'a observée tandis que je me démenais pour expliquer.

J'ai regardé le visage de la fille sur la feuille, le rideau noir de ses cheveux et ses yeux écarquillés, immenses. J'ai pris une profonde inspiration et me suis lancée.

– Il y a eu un accident de voiture et cette fille, heu, elle est morte. Pas dans l'accident, elle était déjà morte, mais on a trouvé son corps. Et on essaie juste d'aider la police… Je me suis redressée légèrement. D'aider la police à l'identifier et découvrir ce qui s'est passé.

L'expression de la femme n'a pas changé.

– La police est déjà venue ici. On leur a dit tout ce qu'on savait.

J'ai dégluti.

– Eh bien… ça vous ennuie de nous le redire ? Vous l'avez vue ?

La femme a réfléchi.

– Il n'y a rien à dire, a-t-elle fini par lâcher. La fille était là samedi, mais elle est arrivée et elle est repartie toute seule.

– Vraiment ?

Je me cramponnais au carnet. C'était la première fois que je réussissais à la dessiner vivante. Je l'imaginais en train de passer la porte, ses longs cheveux qui se balançaient dans son dos.

– Vous lui avez parlé ? A-t-elle dit d'où elle venait ? Où elle allait ?

La bouche de la femme s'est pincée en une fine ligne.

– Je viens de vous le dire, c'est tout ce qu'on sait. Et n'embêtez plus Elena avec ça, vous m'avez bien compris ? Elle n'a rien à voir avec cette histoire.

J'ai jeté un rapide coup d'œil à Kit. Qu'est-ce qu'elle voulait dire ? Il a étalé le menu puis l'a replié, en ajoutant de manière décontractée :

– Écoutez, c'est bon, on ne vous embêtera plus. Mais vous ne trouvez pas ça un peu étrange ? Qu'elle soit venue seule. Et qu'elle reparte seule. C'est pas comme si cet endroit était vraiment un… Il a hésité. Une attraction touristique.

La femme a ramassé le menu et l'a inséré dans la fente entre le porte-serviettes et le ketchup.

– Je vois pas en quoi c'est étrange. On voit toutes sortes de gens ici. Et on ne sait rien d'eux.

– Mais si elle n'avait pas de voiture…, j'ai commencé.

La femme s'est tournée vers moi, soudain impatiente.

– Elle faisait du stop, voilà ce que je pense. Les routiers les prennent tout le temps. On l'a déposée à l'aller et au retour. Vous avez déjà commandé tous les deux ?

– Non, a fait Kit, l'air penaud, en reprenant la carte.

Je pouvais voir Elena près de la porte de la cuisine, ses yeux marron dardés sur nous.

Dès que la femme a été partie, je me suis penchée au-dessus de la table pour murmurer à Kit :

– Elle est donc bien venue *ici* ! Je savais qu'on trouverait quelque chose.

– Ouais, exactement comme la police. Génial.

– Mais elle était dans ce restaurant ! Elle aurait tout à fait pu être assise à cette table. Quelqu'un a bien dû voir quelque chose. Tu crois pas ? Je me demande quelle serveuse a pris sa commande.

Kit regardait Elena. Elle s'affairait, son bras s'agitait en cercles rapides.

– Je crois que c'est plutôt évident.

J'ai secoué la tête.

– Elena ? Mais alors pourquoi elle ne nous le dirait pas simplement ? C'est pas un grand secret, si ?

Il la regardait toujours.

– Elle est probablement en situation illégale.

Je l'ai dévisagé.

Il a haussé les épaules.

– Réfléchis. Elle parle mal anglais. Elle est jeune. Et la propriétaire, si c'est bien elle, n'a pas envie de la voir causer à n'importe qui. Surtout pas à la police.

– Mais alors… Je me suis penchée au-dessus de la table. Alors on doit lui parler ! Peut-être qu'elle sait quelque chose qu'elle n'a pas dit à la police.

Kit a fait non de la tête.

– On peut prendre ce petit déjeuner d'abord ?

– OK, OK. Mais moi je n'ai plus faim.

– Eh bien moi, si.

Je me suis renfoncée dans la banquette, déçue. On a commandé, mais je jouais avec les œufs dans mon assiette plus que je ne mangeais, en regardant Elena. Elle a servi et débarrassé notre table, en jetant de petits sourires à Kit, mais sans vraiment réagir à ses commentaires.

– On doit trouver un moyen pour qu'elle nous parle, j'ai dit, quand elle a fini par apporter l'addition.

Kit a pêché quelques billets dans son portefeuille.

– Attends-moi là.

Je l'ai vu l'attraper par le bras avant qu'elle ne disparaisse dans la cuisine. Il s'est appuyé contre le mur, en lui souriant et elle a rougi en posant le plateau sur le bar pour libérer une de ses mains et lui rendre la monnaie. Mais quand elle a voulu fouiller dans la poche de son tablier, il a refusé de la tête, arrêtant son geste.

La scène m'a serré la gorge. Mais en même temps, je voyais bien que ça marchait. Elle l'écoutait, timide mais attentive, en lançant des regards nerveux autour d'elle. Kit a incliné la tête et poursuivi. Elle s'est mordu la lèvre et a consulté sa montre en réfléchissant. Puis la femme aux cheveux gris est sortie de la cuisine, juste derrière eux, et ils ont sursauté. Elena a récupéré le plateau sur le comptoir et a jeté un regard à Kit en acquiesçant d'un signe de tête avant de passer devant lui précipitamment.

Kit est revenu d'un pas nonchalant, avec un air satisfait.

– Que s'est-il passé ? j'ai demandé.

– Elle nous retrouve dehors à sa pause. À dix heures.

– Vraiment ? Parfait ! On va pouvoir lui parler.

– Écoute, laisse-moi gérer ça, OK ? Tu es trop… Tu prends ça trop à cœur. Elle ne te parlera pas à toi.

– Comment ça ?

– Tu vas lui faire peur. Relax.

– Mais je peux le faire.

Il m'a souri.

– Non, t'en es pas capable. Il a saisi ma main et l'a portée à son visage, en la frottant contre sa joue.

– T'as besoin d'un coup de rasoir.

– Ouais, ben, on m'en a pas laissé le temps ce matin.

Juste à ce moment-là, son téléphone a sonné, un long *drrrrr* strident que je n'avais pas entendu depuis des jours. Pendant quelques secondes, aucun de nous n'a reconnu la sonnerie. Puis Kit a lâché ma main – en la laissant tomber comme on laisserait tomber de la monnaie sur une table – et a fouillé dans ses poches.

– Allô ? Eh, Jamie. Ça va ?

Je me suis crispée.

– Ouais, désolé. On est à Kilmore.

Kit a changé de position sur la banquette et m'a fait les gros yeux.

– Tu sais quoi, c'était l'idée de Luce. T'as qu'à lui parler.

J'ai pris le téléphone et l'ai calé contre mon oreille.

– Jamie ?

Il était agité.

– Luce, qu'est-ce que tu fous putain ? Pourquoi vous êtes partis ? Maman va devenir folle quand elle va savoir que tu n'es plus là. Et papa ? Vous devez rentrer. Maintenant.

– Non, j'ai dit en pesant mes mots.

– Comment ça, non ? Vous avez pris cette foutue voiture ! Qu'est-ce qui se passe ?

J'ai avalé ma salive.

– On essaie de découvrir ce qui est arrivé à la fille. Et Jamie, devine quoi ? On se trouve à la cafétéria où elle s'est arrêtée en chemin, tu te souviens ? Où toi et Kit avez parlé à cette serveuse mexicaine. Et il s'avère que la fille était là aussi ! Samedi.

Jamie s'impatientait.

– Dans ce cas, vous feriez mieux d'appeler la police. Mais vous devez rentrer. Bordel, qu'est-ce qui lui prend à Kit de te balader à travers tout l'État ? Et comment t'as réussi à le convaincre d'abord ?

Je le sentais perplexe. J'ai repensé à la nuit dernière, Kit et moi, dans le bureau.

– On revient bientôt, j'ai promis. Ne dis rien à maman. C'est juste l'affaire de quelques jours. Tu peux me couvrir.

– Te couvrir ? Tu te moques de moi ? Et je suis censé dire quoi ?

– Ce que tu comptais lui dire de toute façon. Dis-lui la véritable raison qui nous retient ici, j'ai lancé avec une soudaine pointe de colère.

– Luce.

Il a paru surpris. Blessé.

– Écoute, laisse-nous juste le temps de voir si on peut trouver quelque chose, OK ?

– Repasse-moi Kit.

– On doit y aller, j'ai dit. Salut.

J'ai raccroché et rendu le téléphone à Kit.

– On ferait mieux de l'éteindre. On est dans un restaurant.

Il a acquiescé, sa bouche s'est contractée.

– Ouais, le restaurant. Il a l'air sacrément en colère.

– Ouais, et alors ? Moi aussi je lui en veux.

– Au moins, on a à nouveau du réseau. Retour à la civilisation.

On regardait tous les deux par la fenêtre, le parking sablonneux, le bouquet de bâtiments tristes autour et la mince route taillant le paysage aride.

– Qu'est-ce qu'on fait maintenant ? j'ai demandé.

– On attend dix heures.

chapitre 25

À dix heures, Elena est allée fouiller dans son sac à main derrière le comptoir pour en sortir un paquet de cigarettes. Elle a jeté le sac sur son épaule, a lancé un rapide coup d'œil dans notre direction puis s'est dirigée vers la porte du restaurant.

Une minute plus tard, Kit et moi l'avons suivie. Elle a tourné au coin du bâtiment, un long mur blanc doté d'une unité d'air conditionné qui faisait comme une bosse. Elena a posé son sac sur le climatiseur et s'est hissée dessus. Elle nous a regardé marcher vers elle.

– Fumer ? elle a demandé à Kit, en secouant son paquet pour en sortir une cigarette.

Il en a pris une, puis son briquet, l'a allumée d'un geste expert et a maintenu la flamme bleue entre eux deux. Ils ont baissé la tête en même temps. Je suis restée sur le côté, discrète.

Elena a tiré un joli peigne à fleurs de ses cheveux et, d'une secousse, a libéré sa chevelure sur ses épaules. Elle a fait un sourire à Kit.

– Alors… *qué pasa* ? Que veux-tu savoir ? elle a dit de sa voix douce.

Kit s'est appuyé contre le climatiseur.

– Tout ce dont tu peux te souvenir de la fille, il a dit, lui retournant son sourire. Tu disais qu'elle était venue ici samedi. Est-ce qu'elle était accompagnée ?

Elena a fait non de la tête.

– Non. *Sola.* Je lui ai parlé un peu.

– Oui ?

J'ai fait un pas en avant, je ne pouvais pas m'en empêcher :

– Qu'a-t-elle dit ?

Kit m'a regardée de travers, mais Elena s'est tournée vers moi.

– Elle voulait une voiture.

– Pour aller où ?

Elena a tapoté sa cigarette sur le bord en métal du climatiseur, expédiant une pluie de cendres dans la poussière.

– Albuquerque.

Kit a soufflé un nuage de fumée dans l'air.

– Elle a réussi à trouver quelqu'un ?

Elena, passant de Kit à moi, a acquiescé d'un signe de tête.

– *Si.*

Kit s'est penché, la touchant presque.

– Tout ce dont tu peux te souvenir, il a dit. Ça nous aidera, tu sais ? On ne dira rien à personne.

– L'homme avec le camion bleu.

– Quel homme ? j'ai demandé. Quelqu'un que tu connais ?

À nouveau, elle a acquiescé, de manière presque imperceptible. Je pouvais voir les muscles de sa joue se tendre. Elle retournait et retournait le peigne en bois dans ses mains en le fixant.

– Elena, a dit Kit. Qui est-ce ? Quel est son nom ?

– *No sé*. Je sais pas son nom.

Je trépignais d'impatience.

– Mais il est déjà venu avant ? Est-ce qu'il vit près d'ici ?

Elle a consulté sa montre et s'est glissée au bas du climatiseur, en jetant son mégot dans la poussière. Elle l'a écrasé du pied puis s'est tournée vers Kit.

– Il vient ici tout le temps. Tous les jours. Il a un camion bleu, elle a dit à nouveau.

– Merci, a dit Kit. Il a touché son épaule. Merci de nous avoir parlé.

Elle le regardait, hésitante, puis est repartie vers l'entrée de la cafétéria.

– Eh bien, c'était bizarre, j'ai dit à Kit.

Il a haussé les épaules.

– Je sais pas. Elle ne parle pas bien l'anglais. Peut-être que ça semblait bizarre juste à cause de ça.

– Mais on aurait dit qu'elle connaissait le type.

Il a hoché la tête.

– Ou du moins elle l'a reconnu.

On marchait vers la voiture. Kit a sorti son téléphone et l'a rallumé.

– Voyons voir ce que Jamie a à dire, hein ?

Il a écouté ses messages, un sourire aux lèvres, et je pouvais entendre l'écho étouffé de la voix de Jamie, sévère et pressante.

– Viens, j'ai dit, en le tirant par la manche. On n'a pas le temps pour ça. On doit réfléchir à ce qu'on va faire.

– Qu'est-ce que tu veux dire ? C'est fini, on en a terminé avec cette histoire. On va appeler la police et leur dire que c'était un homme avec une camionnette bleue. Laissons-les découvrir qui il est.

Kit m'a ouvert la portière et je me suis glissée à l'intérieur, en glapissant à cause du vinyle brûlant du siège.

– On ne peut pas faire ça. Ils vont demander comment on sait et, tu l'as dit toi-même, Elena ne leur parlera pas. Pas si elle est en situation illégale.

Kit a baissé les yeux vers moi.

– Oh, allez, Luce. On ne peut rien faire. Comment va-t-on retrouver un mec avec un camion bleu ? Il doit y en avoir des milliers des types avec des camions bleus. Et encore une chose : qu'est-ce qu'on fait si on le retrouve ? Je te suis pas. Je comprends pas ce que tu veux.

– Je veux savoir ce qui est arrivé à la fille, j'ai dit doucement.

– On sait ce qui lui est arrivé. Elle est morte.

– Mais… Comment pouvais-je l'expliquer ? Kit, écoute. Ce n'est pas tout. Je le sais. Si cet homme vit dans le coin, s'il vient ici tous les jours, eh bien, on peut...

Kit a frappé le toit de la voiture.

– On peut quoi ? Je veux dire, merde, Luce, tu crois quoi ? Qu'on peut retrouver ce type et le tabasser ? Obtenir des informations de lui ? C'est juste un mec lambda. Il n'a rien fait.

Je l'ai regardé.

– Il l'a laissée là-bas.

– Mais tu as entendu ce qu'a dit la police. Elle était déjà morte. Tu agis comme si c'était un meurtre.

J'ai pris une grande inspiration, en pressant mon carnet contre ma poitrine.

– Non, j'ai dit. Pas un meurtre. Mais ce n'est pas rien. Il l'a abandonnée là-bas.

– Elle était déjà morte, a dit Kit à nouveau.

Je l'ai dévisagé, et malgré la chaleur, un picotement froid a couru sous ma peau.

Le téléphone a sonné juste à ce moment-là.

– Ah, c'est parti ! Jamie est sur le pied de guerre, a dit Kit en portant rapidement le combiné à son oreille. Ouais, mec.

J'ai vu son visage changer d'expression, et il m'a tourné le dos en protégeant le mobile d'une main.

– Oh, *salut*. Eh, Lara.

Lara Fitzpatrick. Je l'ai toisé du regard. Pourquoi Lara Fitzpatrick l'appelait-elle sur son téléphone ?

Lara était la secrétaire générale du conseil des élèves de Westview. Jolie, intelligente, gentille. Même à l'égard des troisièmes. Ginny et moi l'avions interviewée le mois dernier pour le journal du lycée, au sujet des préparatifs du bal de la Sadie Hawkins, où pour une fois, ce sont les filles qui invitent les garçons*. L'entretien terminé elle avait dit, « Vous devriez venir ! Invitez un étudiant de seconde ou de première. Les garçons de troisième ne sont pas assez bien pour vous. »

Je l'ai regardé s'éloigner de la voiture. Pourquoi appelait-elle ? Et pourquoi prenait-il une telle voix ? Enthousiaste, complètement différente. Il me tournait le dos.

– Je croyais que tu étais à Chicago. Oh. Vraiment ? Oh, OK. Oui, désolé. On n'a pas de réseau ici, du coup je n'ai pas vérifié mes messages. Comment tu vas ?

Il continuait de marcher pour se mettre hors de portée de voix. Il a calé le téléphone contre sa joue.

– J'ai pensé à toi.

Je l'ai regardé s'éloigner. Il passait ses doigts dans ses cheveux en parlant.

– Je sais, moi aussi. Moi aussi.

Il a baissé encore la voix, je ne pouvais plus entendre ce qu'il disait. Je suis sortie de la voiture.

– Oui, on était censés. Mais on a eu une sorte d'accident. Non, je vais bien, rien de grave. C'était

---

* *Sadie Hawkins dance* : aux États-Unis, fête extrêmement populaire organisée généralement à la fin du mois de février par les lycées et, à l'origine, dédiée aux jeunes filles célibataires. Les filles invitent les garçons, contrairement à la coutume qui préside au bal de promo de fin d'année et à la soirée des anciens. (Note de la traductrice.)

un animal ou quelque chose dans le genre. Mais on a pensé… Enfin, c'est une longue histoire.

Il traversait le parking en lui racontant ce qui était arrivé. Je l'ai suivi.

– Bref, peu importe, voilà pourquoi on est toujours ici. En fait, là on est dans un endroit qui s'appelle Kilmore. Je me suis retrouvé coincé à conduire Luce jusqu'ici, tu sais, la sœur de Jamie. Ouais. Il a ri. Ouais, elle l'est.

J'étais quoi ? Mon estomac s'est noué. Je me tenais silencieusement derrière lui, je fixais sa tête inclinée, ses épaules détendues.

Sa voix s'est fait tendre, une tendresse qu'il n'avait jamais montrée avant.

– Bon, ce n'est pas drôle sans toi. Tu me manques.

Alors, c'était ça. Kit et Lara Fitzpatrick. Comment avais-je pu être aussi bête ? Comment avais-je pu penser qu'il m'aimait bien ?

Il tenait délicatement le téléphone à deux mains.

– Tu me manques *vraiment*. Je pense à toi tout le temps.

Je le revoyais m'embrasser, la première fois sous le porche, l'autre fois sur la route. Et puis tous ces moments, chez Beth, dans la voiture ce matin. Je ne supportais plus de rester plantée là à l'écouter. J'ai marché droit sur lui et je lui ai arraché le mobile. Il a reculé en sursautant, les yeux écarquillés et j'y ai lu la horde de sentiments qui le traversait, un éclair de surprise, puis de protestation, puis un peu de regret.

– Luce, il a dit.

Je pouvais entendre la voix de Lara.

– Kit ? Kit ?

J'ai approché le combiné de ma bouche.

– Son prénom, c'est Frederick, j'ai dit.

J'ai raccroché et lui ai jeté le portable en pleine poitrine. Il a levé les mains pour l'attraper, et je me suis éloignée avant qu'il ne puisse dire quoi que ce soit.

chapitre 26

Je ne me suis pas retournée pour voir s'il me suivait. J'ai marché aussi vite que je pouvais. J'ai longé les flancs étincelants des poids lourds, je suis passée devant la cafétéria puis la voiture. J'ai repris le chemin par lequel on était arrivé, en marchant sur le bas-côté de la route. C'était stupide, évidemment. Il n'y avait rien dans cette direction. J'aurais dû me diriger vers la ville, mais j'étais incapable de réfléchir et au moment où j'ai réalisé mon erreur, je ne pouvais plus faire demi-tour. Je devais m'éloigner aussi loin que possible de Kit.

Ça n'avait jamais rien signifié pour lui. Du début à la fin. Pourquoi avais-je pensé que notre histoire comptait pour lui ? Il était tel qu'il avait toujours été, et la seule chose étonnante concernant le coup de fil, c'était que la fille était Lara Fitzpatrick, qui était vraiment trop bien pour sortir avec Kit.

Si elle était sa petite amie, pourquoi ne l'avait-il jamais mentionnée ? À l'aller, lui et Jamie avaient évoqué une fille après l'autre, mais je ne me souvenais pas l'avoir entendu prononcer son nom une seule fois. Même si je n'écoutais pas vraiment. Ce samedi-là, je m'en fichais encore. Ça semblait si loin. J'avais juste supposé qu'il n'avait personne. Mais un garçon comme Kit a toujours quelqu'un.

Il faisait chaud sur la route. Des vaguelettes de chaleur s'élevaient au loin et faisaient miroiter l'asphalte comme la surface d'une rivière. Je sentais le soleil darder ses rayons sur mon crâne, s'immiscer entre mes cheveux telle une lame chauffée à blanc.

J'ai entendu une voiture derrière moi. J'ai jeté un coup d'œil par-dessus mon épaule, à temps pour voir Kit faire une embardée au milieu de la route et ralentir près de moi, dans une gerbe de gravillons.

Il laissait pendre son bras par-dessus la portière.

– Ça c'était classe, il a dit. Lui dire mon vrai prénom.

J'ai continué de marcher, sans le regarder.

– Allez, Luce. Te fâche pas.

Il roulait à côté de moi.

– Bon, tu t'attendais à quoi ? Tu ne pensais pas qu'on…

Ne le dis pas, j'ai pensé. N'empire pas les choses.

– Tu ne pensais quand même pas qu'on allait sortir ensemble, si ?

Sa voix était pleine de stupéfaction.

– T'es en troisième. Tu es la sœur de Jamie, bordel.

Il a tendu la main pour me toucher le bras, mais je l'ai esquivé d'un mouvement brusque et j'ai quitté la route pour marcher dans la terre rouge et sèche de l'accotement.

– Eh, tu vas où ? il a crié. Y a rien par là-bas. Tu aurais dû marcher dans l'autre direction, tu sais.

Je pouvais entendre à sa voix qu'il souriait et ça n'a fait qu'augmenter ma colère. Je me suis mise à courir.

La voiture roulait après moi.

– Alors quoi ? Tu ne vas plus jamais me parler ? Allez ! Tu veux bien monter dans la voiture ?

Au loin, j'ai aperçu une voiture qui arrivait sur nous. Un klaxon a beuglé.

Kit a soupiré.

– Tu vas monter dans la voiture, oui ou non ?

Je n'ai rien répondu. L'autre voiture se rapprochait, en klaxonnant en continu.

– Tu sais quoi ? Je ne vais pas m'emmerder avec ça. Débrouille-toi.

Kit a accéléré pour se dégager de l'accotement et se replacer sur la bonne voie. Les pneus ont projeté des pierres sur mes tibias, juste au moment où l'autre voiture passait en vrombissant. Je l'ai regardé filer devant moi et faire demi-tour, en direction de la ville.

J'ai continué à marcher. J'ai dégagé d'une main les cheveux de mon cou, tirant sur mon tee-shirt pour le décoller de ma peau. Très haut au-dessus de moi, le ciel était bleu et sans nuages. De temps en temps, un énorme semi-remorque passait dans un grondement de tonnerre, et une fois, un chauffeur de camion m'a klaxonnée, en levant la main par la fenêtre alors qu'il me doublait. Puis tout est redevenu calme.

Pas de voitures, pas de maisons, personne. Rien que du bétail qui s'agitait au loin dans les champs.

D'ici, je pouvais me rendre compte que cet endroit n'était pas du tout désolé. Il était parsemé de roches, de petits buissons gris vert, et occasionnellement, on tombait sur le tronc tordu et cassant d'un arbre. Des lézards passaient comme des éclairs dans le sable et se précipitaient sous les rochers. Des oiseaux voletaient d'arbuste en arbuste, en pépiant bruyamment. Quelque chose a brui derrière une roche et j'ai vu une mince queue fouetter le sol.

J'ai continué à marcher. Je ne sais pas pourquoi, l'idiotie de la situation était rassurante. J'avais tellement chaud et j'étais si fatiguée que je ne pouvais même pas penser à Kit. La sueur dégoulinait sur mes joues et coulait dans le col de mon tee-shirt. J'ai ramené mes cheveux derrière mes oreilles. Ma gorge était sèche. Mes yeux douloureux à cause de l'éclat de la route.

J'ai fini par m'arrêter. Penchée en avant, les mains sur les genoux, je me suis reposée un instant. J'aurais aussi bien fait demi-tour. À pied, la route était longue jusqu'à Kilmore.

J'ai entendu le bruit lointain d'un moteur et j'ai levé les yeux. Au loin, avançant dans ma direction, j'ai aperçu une voiture… Non, un camion. Pas un gros camion, mais un genre de pick-up. J'ai plissé les yeux. Il était bleu.

Un camion bleu.

Ma respiration s'est bloquée dans ma gorge. OK, j'ai pensé. Il doit y avoir beaucoup de camions bleus.

Mais elle avait dit qu'il habitait dans le coin. Elle avait dit qu'il venait à la cafétéria tous les jours.

J'ai regardé derrière moi. La route était déserte. Tout autour de moi, les herbes sèches bruissaient. J'étais seule.

Le camion s'approchait. Pas le temps de tenter quoi que ce soit. Je me suis écartée de la route pour marcher dans le sable. C'est stupide, j'ai pensé. C'est juste quelqu'un qui va à Kilmore.

Mais le camion a ralenti.

Il a freiné bruyamment et s'est hissé sur le bas-côté, à vingt mètres environ devant moi. Sa grille métallique brillait sous le soleil. Mon cœur cognait dans ma poitrine. Je pouvais voir la silhouette en contre-jour du chauffeur, mais pas son visage. Je suis restée immobile, à l'observer. Je ne savais pas quoi faire. Il était trop tard pour m'enfuir ou me cacher. J'ai serré les poings et j'ai attendu.

La portière du chauffeur s'est ouverte.

– Tu veux que je te dépose ?

La voix, morne mais bizarrement aiguë, aurait dû appartenir à quelqu'un de plus petit que l'homme qui est sorti du camion. Il était grand et costaud, avec des cheveux courts grisonnants et il portait une casquette de routier à filet noir qui masquait son visage. Je ne pouvais pas voir ses yeux.

– Tu vas où ?

Il se tenait debout près du camion, une main appuyée contre la portière.

J'ai dégluti.

– Je marchais, c'est tout.

J'ai vu sa main glisser le long de la portière, un mouvement nonchalant mais décidé. Il a fait un pas vers moi.

– Trop chaud pour marcher.

– Ça peut aller, j'ai dit rapidement.

Le tumulte de mon cœur emplissait mes oreilles. J'ai fait un pas en arrière.

Il a jeté un coup d'œil derrière lui, puis a louché par-dessus mon épaule.

– Qu'est-ce que tu fais par ici ?

– Je marche, j'ai répété. Je... Je fais demi-tour maintenant de toute façon.

– Tu retournes à Kilmore ?

J'ai fait oui de la tête.

– J'y vais aussi. Je te dépose. Il a fait un geste en direction du camion et j'ai reculé d'un pas, ne sachant que faire.

– Non, ça va. Je préfère marcher.

Il était près de moi maintenant, à moins d'un mètre de distance. J'ai examiné son visage, ses yeux étaient petits et pâles, d'un bleu laiteux. Je pouvais entendre le ronronnement faible et continu du moteur du camion. Il a souri, mais ses yeux sont restés impassibles.

– Allez, il a dit. Tu ne veux pas faire un tour ?

Soudain, j'ai vu le visage de la fille, mouillé par la pluie. Aide-moi, j'ai pensé.

L'expression de l'homme a alors changé. Il a froncé les sourcils en regardant par-devers moi. Je me suis retournée et j'ai vu une voiture arriver, un petit point au loin, de plus en plus grand, d'une couleur bronze familière, presque assortie à la poussière.

Kit.

– C'est mon copain, j'ai lancé en m'éloignant de lui. Je me suis mise à courir, mes pieds martelaient le gravier. Je m'attendais à moitié à ce qu'il me coure après, même si je savais qu'il ne le ferait pas, pas avec Kit dans les parages.

– Kit ! j'ai hurlé, en agitant le bras. Kit !

Kit a ralenti sur la voie opposée et a baissé la vitre.

– Tu me causes à nouveau maintenant ?

J'ai traversé la route en courant, me suis précipitée vers la portière passager et j'ai saisi la poignée.

Kit regardait l'homme.

– Salut, il a dit.

– Comment ça va ? a fait l'homme de sa voix lisse. Il fait trop chaud pour la laisser marcher comme ça. Vous pouvez pas faire ça par ici, avec un temps pareil. Les gens font des attaques cardiaques, vous savez. Ils en meurent.

– Vraiment ?

Kit m'a jeté un coup d'œil, scrutant mon visage de ses yeux interrogateurs.

– Je vais lui dire d'être plus prudente. Il a haussé les épaules. Mais c'est pas comme si elle m'écoutait.

– Elles n'écoutent jamais, a dit l'homme en tordant la bouche.

Il a regagné son camion.

Kit s'est tourné vers moi.

– Tu vas bien ?

J'ai fait signe que oui, en ravalant mes larmes. Mes bras tremblaient tellement fort que je devais les presser contre mon estomac pour stopper le tressaillement.

– Que s'est-il passé ? Sa voix était inquiète. Ce type t'a fait quelque chose ?

J'ai dit non de la tête.

Le camion a regagné la route, et l'homme m'a fixée droit dans les yeux en passant devant nous. Ses yeux pâles n'exprimaient aucune émotion.

– Mmm, a dit Kit. Un camion bleu.

chapitre 27

– C'était lui, c'était lui, c'était lui.

Je me balançais d'avant en arrière sur le siège, comme pour me bercer moi-même.

Kit a posé sa main sur mon épaule. J'ai tressailli, ne désirant pas qu'il me touche, mais en même temps désirant ça plus que tout autre chose. Le poids de sa main m'a calmée. J'essayais d'arrêter les tremblements qui me parcouraient.

– Eh, a-t-il dit. Tout va bien. Que s'est-il passé là-bas ?

J'ai avalé ma salive.

– Il m'a demandé si je voulais faire un tour.

– Eh bien, il fait très chaud.

Je l'ai regardé.

– Pas comme ça. Il voulait que je monte dans le camion.

J'ai frissonné, et Kit a glissé sa main le long de mon bras, refermant ses doigts autour de mon coude.

– Luce, a-t-il dit avec douceur. Peut-être qu'il proposait simplement de te déposer. Tu as entendu ce qu'il a dit. Les gens font des attaques.

– Non. Ce n'était pas comme ça.

– Qu'est-ce que tu en sais ?

J'ai repoussé sa main de mon bras et me suis redressée, en m'efforçant de rester calme.

– Je pouvais le sentir.

Kit n'a rien dit pendant une minute.

– Tout le monde a un pick-up par ici. Il doit y en avoir plein des camions bleus.

Je me suis tournée sur le siège pour le regarder.

– Kit, c'était lui. Je *sais* que c'était lui.

Kit gardait les yeux sur la route. Il a laissé échapper un long soupir puis a acquiescé lentement.

– OK. OK.

Il a remis sa main sur mon épaule et a massé ma nuque.

– Tu ne peux pas faire ça, j'ai dit, en me dégageant. Je suis sérieuse.

Il a ôté sa main, mais l'empreinte de ses doigts m'a laissé une sensation de picotement.

– Alors tu veux faire quoi ? Appeler la police ?

Je me suis mordu la lèvre.

– Et on leur dirait quoi ?

On approchait à nouveau de Kilmore et de la cafétéria. J'ai fait un bond. Le camion bleu était garé devant.

– Regarde ! Il est juste là.

Je me suis tournée vers Kit.

– Vite, arrête-toi.

Kit a viré sur le parking et ralenti.

– OK, Luce. Et maintenant ? Supposons que c'est bien le type. Comment allons-nous seulement le prouver ?

Tu penses que tu peux simplement aller le voir et lui demander ?

J'ai ramené mes pieds sur le siège et posé ma tête sur mes genoux. Il avait raison. Comment pouvait-on prouver quoi que ce soit ? Et de toute façon, qu'avait fait cet homme ? Il avait abandonné la fille sur la route, mais elle était déjà morte. Était-ce seulement un crime ? Ça ne pouvait pas être autre chose qu'un crime.

Je me rappelais sa voix : *Tu ne veux pas faire un tour ?* Est-ce qu'il lui avait dit ça à elle aussi ?

Je me suis frotté le front.

– Écoute, je sais que c'est lui. On a juste besoin de donner des raisons à la police pour qu'elle… Tu vois… qu'elle l'interroge.

J'ai regardé le camion bleu. Si la fille était montée dedans, peut-être y avait-elle laissé quelque chose.

– Allons voir dans son camion.

Kit a levé les sourcils.

– Pour chercher quoi ?

– Je ne sais pas.

– On y va et on fouille son camion ?

– Ouais.

– C'est vraiment une idée débile. Et probablement interdite par la loi.

Je l'ai regardé de travers.

– Dans ce cas, tu devrais être content. C'est pas toi qui disais que tout ce qui était illégal était amusant ?

– OK, eh bien, j'avais tort. Parce que ça, c'est pas drôle, et probablement illégal, et totalement inutile.

Je ne cessais de regarder le camion. Elle s'était trouvée à l'intérieur, je le savais. C'était peut-être le dernier endroit qu'elle avait vu de son vivant.

– Je vais le faire.

– Vas-y.

– Tu viens ?

– Non.

J'ai claqué la portière. Un côté de la vitrine en angle de la cafétéria faisait face à la station-service. On pouvait apercevoir cette partie du parking depuis les tables situées dans le coin, mais difficilement. J'ai couvert mes yeux d'une main et tenté de voir qui était assis là. Le soleil brillait trop fort, la vitrine reflétait l'image de la route, le motel de l'autre côté et le cactus géant.

J'ai marché vers le camion. Une partie de moi n'arrivait pas à croire ce que j'étais en train de faire. Et s'il était fermé à clé ? Mais quand j'ai soulevé la poignée, la portière côté passager s'est ouverte facilement. J'ai regardé autour de moi pour être sûre que personne ne m'observait, puis j'ai grimpé dedans.

La cabine avait une odeur viciée de nourriture moisie. Le tapis était noir de taches et jonché de détritus : deux bouteilles de bière, une canette de Coca écrasée, un sachet de chips à moitié vide. Je ne cessais de surveiller l'entrée du restaurant. Personne n'est entré ou n'en est sorti. Le parking était désert, il cuisait sous le soleil.

Je me suis mise à genoux pour scruter entre les sièges : un stylo à bille, de la monnaie, un journal replié. J'ai retourné le pare-soleil. Une paire de lunettes de soleil.

Qu'est-ce que je cherchais ? Je ne savais même pas. Un signe quelconque de la présence de la fille, assise sur ce siège le jour de sa mort. Mais tout semblait tout à fait normal. Le genre de trucs qu'on trouve dans la voiture de n'importe qui.

J'ai ouvert la boîte à gants et sorti la liasse de papiers qu'elle contenait. Des trucs concernant la voiture surtout, le manuel du camion, une carte d'assurance. Une carte d'assurance. Son nom était inscrit dessus. Et son adresse. *Wesley Wicker, R.R #7, 4420 Brick Road, Castle, NM*.

– Bonjour.

J'ai entendu la voix de Kit sur le parking, qui parlait inhabituellement fort. Je me suis retournée en sursautant et j'ai vu le type sortir de la cafétéria. Je me suis baissée rapidement et, en essayant d'enfoncer les papiers dans la boîte à gants, gauchement, j'ai failli les faire tomber.

– Vous n'avez pas vu mon amie à l'intérieur ? a dit Kit. Je l'ai encore perdue.

En retenant mon souffle, j'ai poussé la portière, centimètre par centimètre. Je me suis glissée au-dehors et me suis accroupie près du camion.

– Non, je l'ai pas vue.

Un rire nasal, bref.

– Celle-là, tu ferais mieux de garder un œil dessus.

Aussi silencieusement que possible, j'ai poussé la porte pour la refermer.

– Ouais, bon, merci quand même.

Toujours accroupie, j'ai couru au-devant des deux autres voitures puis au coin du bâtiment. *Wesley Wicker, R.R #7, 4420 Brick Road, Castle, NM.*, je me répétais dans un murmure.

Je me suis relevée, dos au mur, en respirant bruyamment. Une minute plus tard, Kit a tourné le coin, en jurant.

– Désolée, j'ai dit, lamentablement.

– On en a terminé maintenant ? Parce que, tu sais quoi, ce mec fiche sacrément la trouille et je préférerais ne pas retomber tout de suite sur lui.

– J'ai son adresse, j'ai dit.

– Super. Tu peux lui envoyer une carte postale. On y va ?

– Je veux aller chez lui.

Kit m'a empoignée par les épaules et m'a éloignée du mur.

– Pas question ! Non ! Luce, écoute-moi. On ne va pas chez lui. Je sais pas quel est son problème. Peut-être que c'est lui qui a abandonné cette fille, peut-être pas. Mais y a un truc bizarre chez lui. On n'y va pas.

Je me suis dégagée de sa poigne et je suis retournée vers la voiture.

– Écoute, tu as raison, je dois être plus prudente, j'ai dit. Je n'aurais pas dû fouiller dans son camion comme ça, pas quand il pouvait sortir à n'importe quel moment et me voir.

Je me suis arrêtée pour l'attendre, mais il était resté planté debout, l'air hargneux.

– Kit, s'il te plaît. Écoute une seconde. La police n'a trouvé aucune carte d'identité sur elle, tu te souviens ? Pas de sac à main, pas de portefeuille. Donc quelqu'un les a probablement pris. Quelqu'un les a *volés*. Et si ce type est la dernière personne à l'avoir côtoyée – la dernière personne à l'avoir vu vivante – alors c'est peut-être lui.

– Peut-être que c'est lui. Et devine quoi ? Peut-être qu'on ne le saura jamais.

J'ai fait un signe de tête, lentement.

– Mais nous devons essayer de le découvrir. Du moins moi, je le dois.

– Pourquoi ?

Je suis revenue sur mes pas et me suis plantée devant lui en le regardant droit dans les yeux.

– J'en sais rien. Je dois le faire, tout simplement.

Il a baissé les yeux sur moi, son front plissé par l'étonnement. Puis son expression a changé et, soigneusement, il a pris une mèche de mes cheveux qu'il a replacée derrière mon oreille.

– Je ne comprends pas pourquoi c'est si important pour toi.

Je lui ai tourné le dos.

– Eh bien, je ne comprends pas pourquoi c'était si important pour toi de m'embrasser si tu sortais avec Lara Fitzpatrick.

– Je n'étais pas tout seul pour ce baiser, si tu te souviens bien.

– J'essaie de pas y penser.

J'ai marché vers la voiture puis, la main sur la poignée, j'ai hésité.

– Alors, tu vas m'emmener ? Chez lui, je veux dire ?

Kit a ouvert la porte, est monté. Il s'est assis, les deux mains posées sur le volant, en regardant devant lui le parking recouvert de poussière.

– Et si la maison est fermée à clé ?

– Elle ne le sera pas, j'ai dit. Le camion ne l'était pas.

– Tu n'as rien trouvé dans le camion.

– Non.

– Qu'est-ce qui te fait penser que tu vas trouver quelque chose dans sa maison ?

Je n'ai pas répondu. Je contemplais son profil. Sa mâchoire tendue, relâchée, puis tendue à nouveau.

– On va chez lui, et ça s'arrête là, a-t-il dit. Peu importe ce qu'il arrive. Si on trouve quelque chose, on alerte la police. Si on trouve rien, fin de l'histoire. OK ? On rentre chez Beth.

– OK, j'ai dit.

– Je suis sérieux.

– J'ai dit OK. OK.

J'ai tiré mon carnet de croquis du siège arrière pour en arracher une page. En haut, j'ai écrit : *Wesley Wicker, R.R #7, 4420 Brick Road, Castle, NM.*

chapitre 28

– Alors, on va où ? a demandé Kit.

– La ville s'appelle Castle, j'ai fait.

J'ai sorti la carte routière de la poche latérale de la portière et l'ai déployée sur mes genoux. Cette partie de l'État était un carré jaune et vide, quadrillé par une demi-douzaine de lignes fines, les seules routes existantes. Castle devait être près de l'une d'elles. J'ai louché sur les noms de villes. Tucumcari. Conchas. Mosquero. Ça aurait tout aussi bien pu être un pays étranger.

– La voilà, j'ai dit à Kit. À l'est d'ici. Une trentaine de kilomètres environ.

On a tourné pour s'engager sur une autre route. Kilmore a disparu derrière nous. Au loin, l'extravagant panneau en forme de cactus paraissait fragile, précaire. On est passés devant une caravane dont le linge pendait mollement sur une corde. Puis devant une maison avec un poulailler érodé par le temps où quatre poules grises grattaient la terre sèche.

– Tu crois qu'on est toujours à Kilmore ? j'ai demandé.

– Ouais, a fait Kit. La banlieue.

Puis soudain plus rien alentour, le vide à perte de vue.

Il ne nous a pas fallu longtemps pour couvrir les trente kilomètres, surtout comparé au long trajet du matin. Peu après, on a trouvé une station-service. L'enseigne indiquait : « Station-service de Castle ».

– C'est quoi le nom de la route ? a demandé Kit en s'arrêtant à la pompe.

Un vieil homme voûté, dans son bleu de travail, est sorti du minuscule bâtiment et s'est approché de la fenêtre de Kit.

– Pourriez-vous me faire un plein de sans plomb ? a dit Kit. Et nous cherchons une route…

Il s'est tourné vers moi.

– Brick Road, j'ai dit. Et il y a marqué aussi R. R. 7. Vous savez ce que ça veut dire ?

L'homme m'a ignorée et a traîné des pieds jusqu'à la pompe. Lorsqu'il est revenu vers la vitre, il a mâchonné sa lèvre inférieure, découvrant un fouillis tortueux de dents jaunes.

– Route rurale, 7. Brick Road. Pareil. C'est la prochaine à droite.

– Merci, a dit Kit en payant.

– Elle est pas goudronnée, il a crié, tandis qu'on démarrait.

La prochaine route à droite était plus loin, à des kilomètres de là, et s'avéra être un chemin de terre cahoteux qui sinuait en pente.

Kit a secoué la tête.

– T'as vu cet endroit ? Castle. Il est où le château ? Où est cette putain de cabane délabrée ? Y a rien ici.

– La maison est au numéro 4420.

– Quelque chose me dit qu'on ne peut pas la louper, a dit Kit.

On avançait en cahotant sur la piste et en soulevant des tourbillons de poussière.

– Et s'il était sur le chemin du retour ? a demandé Kit. Il a quitté la cafétéria. Il pourrait bien être chez lui maintenant.

– Ouais, j'ai dit, en fixant mes genoux.

Il y avait une maison droit devant, une caravane. Je me suis penchée en avant.

– Là, regarde, c'est celle-ci.

Mais ça n'était pas la bonne, c'était le n° 4460.

– Donc on n'est pas loin.

J'ai jeté un coup d'œil à Kit. Il a plissé les sourcils d'un air contrarié.

On a croisé trois autres maisons encore, entassées dans un coin, puis un tronçon terne de route. Au loin, sur une hauteur, j'ai aperçu une maison blanche flanquée de dépendances : une remise et une sorte de garage.

– C'est là, j'ai dit.

Pas de camion bleu. Une boîte aux lettres en métal était fixée de travers sur un poteau, elle portait le numéro 4420. Kit s'est engagé dans la voie privée.

Il a coupé le moteur et nous sommes restés assis un moment, en regardant autour de nous.

– Tu vois, aucun signe de lui, j'ai dit.

– Ah ouais ? T'es sûre de ça ? Et le garage ?

J'ai secoué la tête.

– Il y a juste des appareils entreposés là-dedans. Il n'est pas là.

– OK, mais on ne traîne pas. Tu m'as compris ?

– Arrête de me traiter comme si j'avais six ans, je lui ai dit d'un ton sec.

– J'arrêterai quand tu feras preuve d'un plus de bon sens.

On a grimpé les marches de l'entrée. J'allais atteindre la poignée quand Kit m'a arrêtée.

– Tu ferais mieux de toquer, a-t-il dit. Et si quelqu'un d'autre était là ?

Je n'avais même pas pensé à ça. Et s'il ne vivait pas seul ? Et qu'est-ce qu'on allait dire alors ?

– On demandera notre chemin, a dit Kit, avant que je puisse ouvrir la bouche.

– C'est pas la première fois que tu fais ça, on dirait.

J'ai toqué à la porte. On a attendu, en écoutant le silence.

– OK, a dit Kit. Je vais me garer derrière la remise. Au cas où il reviendrait. Et écoute-moi bien : on lambine pas. On entre et on ressort.

Il est retourné à la voiture, en criant par-dessus son épaule :

– C'est ouvert ?

J'ai essayé la poignée de la porte. Elle était fermée à clé.

– Ouais, j'ai menti. Donne-moi juste une seconde.

J'ai passé en revue la façade de la maison. Toutes les fenêtres étaient fermées. Et maintenant ? J'ai entendu Kit démarrer la voiture alors que je sautais du porche et me précipitais pour tourner le coin, en poussant un soupir de soulagement lorsque j'ai vu une petite fenêtre légèrement ouverte, dix ou quinze centimètres. Elle était juste au-dessus d'un réservoir de propane, parfait pour escalader. J'ai grimpé sur le toit de la citerne et relevé la moustiquaire pour ouvrir la fenêtre en grand. À l'intérieur, une salle de bains au carrelage bleu comme de la mousse de savon.

Je me suis glissée à travers, m'écorchant les côtes contre le châssis, le corps coupé en deux, et je suis tombée sur le siège des toilettes. Puis j'ai couru ouvrir la porte d'entrée.

– C'*était* donc fermé, a dit Kit avec suffisance.

Je n'ai rien dit.

Il a regardé sa montre.

– Tu as quinze minutes. Pas plus. Après on s'en va.

– Ça risque de ne pas suffire.

– Ça doit faire l'affaire. Il pourrait bien être sur le chemin du retour. Alors remue-toi.

J'ai inspecté la maison. Elle était petite et bordélique, mais étrangement impersonnelle. Pas de tableaux aux murs, rien sur la table basse, excepté de vieux journaux et un verre à moitié plein. Le salon était encombré de meubles massifs et moches, d'un canapé et d'un fauteuil recouverts de velours couleur rouille. Un tee-shirt froissé gisait par terre, une paire de chaussettes rembourrées sous le tabouret.

– Ne touche à rien, a dit Kit.

– Je suis pas idiote, tu sais.

– Treize minutes, il a fait.

– Aide-moi donc, j'ai dit. Jette un coup d'œil toi aussi.

– Qu'est-ce qu'on cherche ?

J'ai haussé les épaules, impuissante.

– J'en sais rien. Un sac à main ou un portefeuille, des cartes de crédit. Quelque chose qui appartiendrait à la fille. Regarde dans la cuisine. Je m'occupe des pièces du fond.

J'ai traversé le couloir sombre. Je pouvais entendre Kit dans la cuisine, des bruits de tiroirs qu'on racle, des cliquetis. La maison était petite, pas plus grande qu'un appartement. Il y avait deux chambres, mais l'une d'elles était remplie de bric-à-brac : un vieux ventilateur, des bagages, des boîtes en carton, le genre de choses qu'on entasse au sous-sol. L'autre chambre était la sienne. Le lit était défait, un amas de draps, celui du dessous, en vrac, s'était détaché du matelas. Il y avait une pile de vêtements sales par terre, un sachet de chips vide sur la table de nuit. J'ai traversé le bordel sur la pointe des pieds, en regardant autour de moi. Je me suis accroupie pour scruter sous le lit. Une chaussure, un magazine. J'ai ouvert les tiroirs du grand bureau et craintivement en ai tâté le contenu, en essayant de ne rien déranger.

Kit est apparu dans l'embrasure de la porte, a jeté un rapide coup d'œil par la fenêtre de la chambre.

– Six minutes, il a dit. Tu vois quelque chose ?

J'ai fait non de la tête.

– Tu as trouvé quelque chose dans la cuisine ?

– Non. Que ses affaires à lui, rien qui porte le nom d'une fille dessus. Il est mécanicien.

Kit m'a tendu une petite carte blanche.

– À son compte.

– Repose ça, j'ai dit en me détournant. Est-ce que tu peux vérifier la salle de rangement ? Peut-être qu'il a caché quelque chose là ?

J'ai refermé le tiroir du bas de la commode. Il ne restait plus que la penderie.

J'ai regardé à nouveau dehors ; aucun signe de vie. La route était vide. J'ai poussé la porte de l'armoire et balayé du regard les cintres. Des jeans. Des chemises à carreaux. Un sweat. Qui était donc cet homme ? Ça me faisait tellement bizarre d'être là chez lui, d'envahir son intimité. Sauf que cet univers ne semblait pas du tout privé. Seulement vide et impersonnel.

L'étagère était trop haute pour que je puisse voir ce qu'elle contenait. J'ai levé le bras et cherché à tâtons en suivant le bord. Fouiller comme ça dans ses affaires me filait la chair de poule. J'imaginais ses yeux pâles en train de m'observer. J'ai frissonné.

Encore des vêtements, un pull. Puis quelque chose de dur.

Je me suis arrêtée. En m'étirant aussi haut que possible sur la pointe des pieds, j'ai enfoncé mes doigts plus avant.

J'ai touché l'objet. Un coin dur. Qui ressemblait à une boîte.

– Kit, j'ai appelé. Viens voir. Il y a une boîte, mais je n'arrive pas à l'atteindre.

Il a passé le seuil, le regard nerveux.

– Ouais ? Qu'est-ce qu'il y a ? Le temps est écoulé. On doit y aller.

– Aide-moi à la descendre.

Kit l'a atteint facilement et l'a prise. Une boîte à chaussures marron. Il l'a déposée sur le matelas. On s'est regardés.

– C'est sûrement qu'une paire de pompes, il a dit.

– Ouais.

Je me suis assise et j'ai soulevé le couvercle.

Pas de chaussures.

Mais un fouillis d'objets brillants. Sans aucune logique apparente. Je n'ai pas tout de suite compris de quoi il s'agissait. Un bouton doré. Un pendant de boucle d'oreille émaillé de turquoise. Une barrette violette. Des petits trucs. Des trucs de filles. Le genre qu'on perd ou qu'on oublie. Ça me faisait bizarre de les toucher. En fait, ça devenait de plus en plus bizarre, comme s'il ne s'agissait pas du tout d'objets oubliés.

Ils avaient été pris. Sciemment.

Je me suis figée en regardant Kit.

– Mais qu'est-ce que… ?

Deux autres boucles d'oreilles, sans leurs jumelles. Je les ai caressées, avant de les repousser. Un joli peigne décoré, en bois, avec des fleurs peintes dessus.

– Ça ressemble à ce que portait cette serveuse dans les cheveux, Elena, non ? j'ai demandé doucement.

Kit a froncé les sourcils et me l'a pris des mains.

– Ouais, on dirait bien.

J'avais l'impression qu'on était tombés dans la tanière d'un animal. Un nid secret jonché d'os et de fourrure, des vestiges de vies.

C'est alors que je l'ai vue. Une petite chaussure en argent, couverte de paillettes rouges.

Je l'ai ramassée et l'ai longuement regardée. Elle se balançait au bout d'une chaînette brisée.

– Merde, a fait Kit.

chapitre 29

Je l'ai lâchée comme si elle était en feu. La breloque a tinté en tombant, cognant contre une boucle d'oreille.

– C'est à elle, j'ai murmuré.

– Peut-être pas.

– Kit, c'est à elle ! Ça vient du bracelet. Tu te souviens des autres breloques ? Elles avaient des attaches comme celle-ci.

Il a hoché la tête, silencieux, en laissant ses doigts courir dans le fouillis de la boîte. Il en a tiré une petite fiole en plastique.

– Qu'est-ce que c'est que ça ?

C'était un flacon pharmaceutique, sans étiquette, à moitié rempli de comprimés rose et blanc. Je lui ai pris des mains et en ai dévissé la capsule.

– Aspirine ? j'ai demandé.

Kit a secoué la tête.

– Il faut qu'on parte d'ici.

Ses doigts ont saisi ma main.

– Luce, on ne devrait même pas toucher à tous ces trucs. Si ce mec est un genre de pervers, je veux dire, s'il a fait quelque chose à ces filles, et que c'est comme ça qu'il a récupéré leurs affaires… Eh bien ça pourrait servir de preuves ou je ne sais quoi. Et on vient de laisser nos empreintes partout.

J'ai dégagé mon poing et déposé une pilule dans ma paume, puis l'ai glissée dans la poche de mon jean.

– Je sais. Tu as raison. Mais on peut montrer ça à la police. C'est peut-être de la cocaïne.

Kit s'est contenté de me regarder.

– Tu penses que c'est de la *cocaïne* ? En pilule ?

– Enfin, ou quelque chose du genre. Quelque chose d'illégal.

J'ai regardé à nouveau la boîte.

– C'est lui, Kit. Je le sais. Il lui a fait quelque chose. Nous devons appeler la police. Lorsqu'ils verront le pendentif, ils comprendront…

Et je me suis arrêtée là. La police n'avait pas connaissance du bracelet. Ils n'en savaient rien parce que je l'avais retiré à la fille avant qu'ils aient une chance de le voir.

La breloque ne dirait rien à la police.

Je me suis tournée vers Kit.

– Le bracelet, j'ai dit. Ils ne savent pas pour le bracelet.

Il m'a fixé, un regard long et soutenu, et m'a repris le flacon et la capsule des mains.

– Oh mon Dieu, j'ai fait.

– Luce.

Lorsque j'ai relevé la tête, il me regardait avec une expression que je n'ai pas su déchiffrer.

– Tout va bien se passer. Mais on doit y aller. Maintenant.

Je me tenais hébétée près du lit, à peine capable de répondre.

Kit a refermé le flacon, l'a essuyé sur son tee-shirt et jeté dans la boîte. Puis il a replacé le couvercle sur la boîte et l'a soigneusement remise sur l'étagère, en arrangeant la pile de vêtements pour la recouvrir.

– C'est bien là ? C'était rangé comme ça ?

Je savais qu'il avait besoin de ma réponse. J'ai pris une profonde inspiration.

– Oui.

– Luce, viens. On doit sortir d'ici.

Il m'a éloignée du lit, puis il a fallu nous activer. C'était bon d'avoir des choses à faire. Nous avons rapidement traversé la maison, en faisant bien attention à la laisser exactement dans l'état où nous l'avions trouvée en y entrant. J'ai laissé Kit sortir par la porte de devant et l'ai verrouillée, puis je suis retournée dans la salle de bains pour grimper par la fenêtre. Une fois glissée à l'extérieur, le souffle coupé, endolorie par la pression sur mes côtes, je me suis accroupie sur le haut du réservoir à gaz. J'ai fait glisser la fenêtre dans sa position d'origine, puis j'ai replacé la moustiquaire. Kit a surgi au coin de la maison.

– Qu'est-ce que tu fiches ? Viens !

– OK, j'ai terminé, j'ai dit.

On a traversé le jardin en courant et on s'est rués dans la voiture qui a démarré en trombe. Un nuage de poussière s'est élevé dans notre sillage, masquant la maison.

chapitre 30

On a accéléré dans l'allée boueuse vers la grande route.

– On ferait mieux de pas tomber sur lui, a fait Kit. Je veux dire, ce mec est taré. Et il sait à quoi ressemble notre voiture.

Je lui ai fait face.

– Kit, qu'est-ce qu'on va faire ? Le bracelet... C'est la preuve qu'il était avec elle. La preuve qu'il l'a laissée au bord de la route.

Kit a secoué la tête.

– Ça ne prouve rien sans le bracelet.

– Mais qu'est-ce qu'on... Comment on va expliquer ça à la police ?

– J'en sais rien.

On a croisé la nationale et rebroussé chemin. Je regardais dehors à travers la vitre. Je l'imaginais l'abandonnant là, au milieu de cette immensité où il savait que personne ne le verrait.

– Il ne peut pas s'en sortir, j'ai dit.

Kit regardait droit devant lui.

– On ne sait même pas ce qu'il a fait.

– Si, j'ai dit. On sait exactement ce qu'il a fait. Tu as vu tous les trucs dans la boîte. Ces affaires ne lui appartiennent pas. Kit, il a pris la breloque sur elle, comme une sorte de souvenir macabre.

– Comme toi.

– Non ! me suis-je écriée, blessée. Non, ce n'était pas pareil.

Il m'a jeté un regard.

– Écoute, je n'arrive pas à réfléchir là. Tirons-nous juste d'ici.

– OK. On retourne à Kilmore. On peut rester là-bas cette nuit. On sait qu'il va dîner à la cafétéria.

Kit a fait non de la tête.

– On devrait retourner chez Beth et appeler la police.

– Pour leur dire quoi ? Qu'on est entrés par effraction dans la maison de ce type et qu'on a trouvé une boîte pleine de bric-à-brac qui prouve qu'il était avec la fille ? Ça n'aura aucun sens pour eux. Kit, s'il te plaît. Est-ce qu'on peut rester à Kilmore ?

– Au motel ? Pour quoi faire ?

Je restais silencieuse.

– Ça va nous coûter du blé.

J'ai haussé les épaules.

– On était censés dormir à l'hôtel à Albuquerque de toute façon. Je vois pas la différence.

– Oui, sur la route de Phoenix ! Ça faisait partie du plan.

– Ben, le programme a changé. Kit, s'il te plaît. Donne-moi juste une chance de trouver une solution.

– Ouais, t'es super forte pour ça. T'as plein d'idées brillantes.

J'ai fixé la ligne crispée de sa mâchoire.

– Arrête.

Il m'a regardée, muet.

Je me suis souvenue alors de la pilule. Je l'ai sortie de ma poche et l'ai retournée dans ma paume. Elle était grosse et ronde, avec les lettres PAX inscrites sur une face.

– Il y a écrit P-A-X dessus. T'as déjà entendu parler de ça ?

Il a jeté un coup d'œil au comprimé, mais n'a rien dit.

– Alors ? Oui ou non ?

– C'est de la MDMA, a-t-il fini par dire, les yeux fixés sur la route.

– MDMA ?

– De l'ecstasy.

– Oh ?

Je savais à peu près ce que c'était, grâce à la séance de sensibilisation aux drogues qu'on avait reçue en sixième.

– Mais c'est une drogue pour faire la fête, non ?

– Ouais.

– Pourquoi est-ce qu'il aurait un tube plein d'ecstasy ?

Je ne comprenais pas.

Kit est resté silencieux pendant un moment.

– Mademoiselle Corell ne vous a pas parlé de ça ?

Mademoiselle Corell, c'est l'éducatrice de santé du lycée. Tout le monde se moque de ses discours ronronnants sur le sexe, l'alcool et la drogue parce qu'ils sont bizarrement truffés d'instructions explicites sur les innombrables façons dont les jeunes de Westview peuvent foutre leur vie en l'air.

– Ouais, j'imagine, j'ai dit. Mais j'ai oublié. Qu'est-ce que ça fait déjà ?

– C'est une drogue qui pousse au sexe, a dit Kit d'une voix éteinte.

Je l'ai fixé du regard.

– Tu veux dire, une drogue du viol ?

Il a haussé les épaules, le visage sinistre.

– Peut-être.

– Alors tous ces trucs dans la boîte… Wicker a dû…

Je me suis retenue, j'ai pensé à la fille. Et aux autres.

– Est-ce qu'on peut en mourir ?

Il a fait non de la tête.

– Je pense pas.

– Mais, Kit, quelque chose clochait avec son cœur, tu te souviens ? Beth a dit qu'elle avait une maladie congénitale. Tu crois qu'il lui a donné le comprimé et que c'est ça qui a causé l'arrêt cardiaque ?

– J'en sais rien.

– Kit, s'il lui a filé la pilule et que ça l'a tuée… C'est un meurtre.

Kit n'a rien dit, il fixait devant lui le long ruban gris de la route.

chapitre 31

C'était déjà le milieu de l'après-midi quand on est arrivés à Kilmore. Kit s'est garé près du Desert Inn, le motel avec le cactus en néon. Le parking était vide à l'exception d'un break et d'un minivan. Dans le hall d'entrée, un type qui avait l'air de s'ennuyer ferme, pas plus vieux que nous, nous a hélés :

– Oui ? Je peux vous aider ?

– On aimerait une chambre, a répondu Kit. Juste pour une nuit.

– Avec deux lits, me suis-je empressée d'ajouter.

Le garçon s'est gratté la nuque et a pris une clé dans le casier derrière lui, puis l'a fait glisser sur le comptoir.

– Et voilà. Elle est face à la piscine. Vous avez une carte de crédit ?

La piscine s'est avérée être un petit rectangle turquoise ceinturé par une barrière de chaînes, avec un étroit plongeoir à une extrémité et des chaises longues en plastique éraflé, éparpillées au bord. Kit l'a reluquée en passant devant.

– On pourrait piquer une tête, il a dit.

– Maintenant ?

Je l'ai regardé stupéfaite.

– Pourquoi pas ? Il fait chaud.

Il s'est arrêté devant une porte métallique bleue et a introduit la clé dans la serrure. La chambre, exiguë et moche, m'a fait grimacer. Deux grands lits, une moquette brune mouchetée de taches, et une table de nuit en faux bois stratifié avec une lampe dessus. Les couvre-lits et les rideaux avaient l'air miteux. Un énorme paysage de montagne aux couleurs criardes, noyé d'orange et de violet, était accroché au mur.

– Putain, a fait Kit. Maintenant t'as pas envie d'aller nager ?

– Je veux réfléchir à ce qu'on devrait faire. Je veux qu'on parle.

Il a fait un signe de la tête, en regardant autour.

– On peut parler dehors.

J'ai soupiré. La chambre était déprimante et soudain, oui, j'avais envie de nager, de faire quelque chose de normal et d'idiot, pour changer.

– OK.

On avait pris nos maillots de bain parce qu'il y avait une piscine dans la copropriété de mon père à Phoenix. J'ai emmené mon sac à dos avec moi dans la salle de bains et j'ai fermé la porte. J'ai ôté mes tongs, nerveuse, et je suis restée debout sur le carrelage froid jusqu'à ce que j'entende Kit traverser la pièce et farfouiller bruyamment dans son sac. Je me suis regardée dans le miroir du lavabo. Dans la lumière crue du néon, mon visage m'est apparu différent. Tranchant et sérieux, marqué d'ombres. J'avais des cernes violets sous les yeux. Ça faisait des jours que je n'avais pas vraiment dormi.

Je me suis déshabillée et j'ai enfilé mon maillot, j'ai enroulé la mince serviette de bain blanche autour de ma poitrine et l'ai nouée.

Quand j'ai ouvert la porte, Kit était assis au bord du lit, dans son slip de bain. Il me regardait marcher à travers la chambre. J'ai resserré la serviette autour de moi.

– Arrête, j'ai fait.

– Oh, relax !

On était les seuls à profiter de la piscine. Le pourtour en béton blanc brillait sous le soleil et brûlait les pieds. J'ai hésité au bord, mais Kit m'a dépassée, il s'est envolé littéralement dans les airs et a plongé. Secrètement je souhaitais qu'il ait l'air maladroit, mais son plongeon a été doux et gracieux. Son corps savait exactement quoi faire.

Aspergée d'éclaboussures froides, j'ai fait un bond en arrière. Kit a crevé la surface en secouant la tête pour dégager les cheveux de ses yeux, et il a ri.

– Whooo-hoooo ! Allez, viens.

J'ai glissé un pied dans l'eau et le choc de température a fait se recroqueviller mes orteils.

– Elle est trop froide !

– Nan, elle est bonne. Plonge.

Je me suis accroupie près du bord pour me pencher au-dessus de l'eau. J'y ai trempé les doigts. Je pensais à la fille, à la pluie ruisselant sur son visage.

– Kit, et si ce type...

Kit a secoué la tête fermement, en nageant vers moi.

– N'y pense pas. Oublions ça un instant.

On ne peut pas, j'avais envie de lui dire. Une fille est morte, et on a retrouvé le type qui lui a fait ça. Mais en regardant le visage mouillé et brillant de Kit, l'expression pleine d'espoir de ses yeux, je me suis sentie fatiguée, moi aussi.

– Plonge, il a répété.

J'ai secoué la tête.

– Je ne sais pas plonger.

Kit a froncé les sourcils.

– Tu plaisantes ?

– Non, vraiment. Je ne suis pas une bonne nageuse.

– Alors saute.

J'ai soupiré et lâché ma serviette sur le béton. J'ai pris une profonde inspiration et j'ai sauté.

L'eau froide m'a frappée telle une claque, déferlant sur moi et bloquant mon cœur. Mes pieds ont touché le fond et je suis remontée à la surface. Le chlore me brûlait les yeux.

– Ah ! j'ai haleté. Elle est froide.

– Bouge.

Kit s'est rapproché, un grand sourire aux lèvres.

– Ça va te réchauffer.

Je frissonnais dans l'eau. D'un coup de pied, je me suis mise sur le côté.

– Comment ça se fait que tu ne saches pas plonger ?

– Personne ne m'a appris. Mes parents ne nagent pas souvent.

– Jamie est un bon nageur.

– Ouais. Jamie est bon en tout.

Kit nageait sur place quelques mètres plus loin.

– Ça te tape sur les nerfs ?

– Non. J'ai secoué la tête rapidement. C'est bien qu'il soit doué pour plein de choses. Moi aussi je sais faire des trucs.

– Comme quoi ?

Je l'ai regardé de travers, parce qu'évidemment, sur le moment, je ne trouvais pas d'exemple.

– Hum… dessiner, j'ai fini par dire.

Kit s'est rapproché, ses mains fendaient l'eau avec aisance, creusant des cercles et à leur suite de jolis serpentins de lumière turquoise.

– Ouais, dessiner. T'es bonne en dessin.

Une chaleur nerveuse s'est insinuée en moi, comme si je rougissais intérieurement.

– Et pour autre chose, il a dit.

Son visage était si près que je pouvais voir les minuscules gouttes d'eau perler le long de ses cils et de ses sourcils. Elles brillaient dans le soleil.

– Quoi ?

Il m'a souri.

Mon pouls s'est accéléré. M'est revenue la sensation de sa bouche sur la mienne, de son goût. J'ai reculé, pour élargir le sillon d'eau entre nous.

– Pas aussi bonne que Lara, j'ai fait, en essayant d'adopter une voix froide.

Mais Kit s'est contenté de me sourire.

– Ah, Lara. Elle est beaucoup plus expérimentée. Mais tu le seras toi aussi. Avec de la pratique.

Il a glissé vers moi. Tout à coup je me suis retrouvée acculée contre le mur de la piscine, et il était assez proche pour m'encercler, ses mains posées sur le rebord.

– Kit, j'ai fait.

– Quoi ?

– Ne fais pas ça.

– Pourquoi ?

Il a levé sa main vers ma joue, a passé ses doigts dans mes cheveux mouillés et il a tourné mon visage vers le sien.

J'ai voulu dire quelque chose, je ne sais même pas quoi, mais comme au ralenti sa bouche a couvert la mienne, rendue âpre par le goût du chlore, mais douce. Son bras a enlacé mon dos, il me serrait fort contre lui, contre le rempart dur et humide de sa poitrine. Je ne pouvais rien faire. J'ai enroulé mes bras autour de son cou et l'ai embrassé à mon tour, aspirant son souffle, touchant ses épaules. Il a murmuré contre ma joue :

– Luce. Prends une grande inspiration.

Puis sa bouche était à nouveau sur la mienne, ferme, et nous avons glissé sous l'eau dans un bruissement. L'eau nous enveloppait – froide et calme. Un silence sous-marin, dense, qui emplissait mes oreilles, soulevait mes cheveux, amortissait notre descente dans une bulle silencieuse. C'était comme d'être piégé dans l'une de ces boules à neige en plastique, suspendu dans une pièce close, privé de la vue et du son, l'orage tournoyant tout autour de nous.

La seule chose que je pouvais sentir, c'était sa bouche sur la mienne. Puis il nous a fait remonter à la surface. Quand j'ai senti l'air chaud sur mon visage, j'étais étourdie, hors d'haleine. Je me suis écartée de lui.

– Qu'est-ce que tu fiches ? j'ai dit, en cherchant mon souffle.

– Je t'embrasse sous l'eau.

Il m'a souri :

– C'est un piège à filles.

Je l'ai fusillé du regard. Je sentais mes joues s'empourprer dans une vague grandissante de honte. Bien sûr, ce n'était que ça. C'était tout : un piège à filles. Les petites blagues et les compliments, la façon dont il avait touché mes cheveux et frotté ma nuque. J'ai pensé à Wicker et à la fille. De quelle ruse avait-il usé pour la faire monter dans son camion ?

– Eh bien, arrête. Je n'aime pas ça. Garde ça pour Lara.

J'ai traversé la piscine, je sentais ses yeux sur moi. Il nageait après moi, paresseusement, s'étirant et virant dans l'eau.

– Pourtant tu sembles aimer ça. Et pourquoi tu fais une fixation sur Lara ?

– Parce que c'est ta petite amie, espèce de con.

Je lui ai jeté un regard rapide, mal assuré.

– À moins que tu n'envisages de rompre avec elle.

Il a grogné.

– Rompre ? Pourquoi est-ce que je ferais ça ? On va au bal de promo dans un mois.

Bien sûr. J'ai grimpé sur le bord de la piscine et je me suis blottie là.

Il s'est rapproché.

– C'est quoi le problème ?

Je n'arrivais pas à le regarder.

– Je ne comprends pas. Pourquoi tu… Pourquoi tu me fais ça ? Que dirait Lara si elle savait ?

Kit a haussé les épaules. Il nageait sur place à quelques mètres de moi.

– Elle ne sait rien. Et de toute façon, y a pas de quoi en faire un drame.

J'ai senti mon estomac se serrer et se recroqueviller.

– Rien n'a d'importance pour toi.

– Eh, Luce. Tout en a pour toi.

On s'est regardés.

– Pas tout, j'ai dit après un moment. Mais ça… Je veux dire, c'est comme… C'est comme si tu te servais de moi.

Les yeux de Kit ont brillé. Il a nagé jusqu'au bord, a posé sa main sur le béton près de ma cheville.

– C'est ce que tu penses ?

Je pouvais entendre de l'aigreur dans sa voix.

J'ai acquiescé, en fixant mes genoux.

– Tu sais quoi, ce n'était pas mon idée de venir à Kilmore. Ce n'était pas mon idée de perquisitionner la maison d'un pervers. Ce n'était pas mon idée de payer une chambre dans ce putain de motel ! Si quelqu'un doit se sentir utilisé, c'est moi.

J'ai filé loin de lui.

– C'est pas vrai.

– Non ? Réfléchis à ça.

Il a fait des éclaboussures en sortant de l'eau. Il s'est hissé sur le bord, est passé devant moi en courant jusqu'au plongeoir. Il a rebondi avec force avant de sauter à la perfection dans la piscine. Quand il a refait surface juste en face de moi, il a rejeté ses cheveux en arrière et m'a fixée.

– Et maintenant ? a-t-il dit.

Je l'ai ignoré.

– Oh, OK. Tu as décidé de ne plus me parler ?

J'ai balancé mes cheveux par-dessus mes épaules et en ai rassemblé la longue masse noire pour les essorer.

– Écoute, je ne peux plus faire ça. Je ne l'aurais pas fait du tout si j'avais su… Je me suis arrêtée, embarrassée.

– Luce.

Sa voix était douce, ce à quoi je ne m'attendais pas. Quand j'ai relevé la tête, ses yeux étaient posés sur moi, verts et dorés dans la lumière du soleil.

– Tu pensais réellement que je n'avais personne ?

Je n'ai pas répondu.

– Luce, t'es en troisième. Tu pensais vraiment que toi et moi…

– Non, j'ai fait rapidement. Arrête. N'en parlons plus.

Il a soupiré puis il s'est éloigné en nageant jusqu'à l'échelle de métal branlante, près du plongeoir. Je l'ai regardé se hisser hors de la piscine. Ses épaules étaient couvertes de taches de rousseur, à cause du soleil.

Il s'est aperçu que je le regardais et soudain il a souri, un sourire triste, amical, qui semblait s'excuser et pardonner en même temps.

– OK, oublions tout ça.

Je l'ai fixé, hésitante.

– Ne te fâche pas, a-t-il dit. Je ne tenterai rien d'autre, promis.

J'ai frotté mes bras avec la serviette, envahie par un sentiment de vide.

– OK.

– Ne te sèche pas tout de suite. Je vais t'apprendre à plonger.

J'ai secoué la tête.

– Certainement pas.

– Oh, allez.

– Mmm-mmm.

– Pourquoi pas ?

– Je suis vraiment pas douée. Je n'entre pas dans l'eau avec le bon angle.

– Tu ne peux pas être aussi nulle.

– Si. Crois-moi.

– Essaie.

J'ai soupiré et marché jusqu'au plongeoir, consciente qu'il ne me quittait pas des yeux.

– Regarde comment je fais.

Il a sauté deux fois au bout du plongeoir qui a émis un faible bruit élastique, plein d'impatience et de promesse. Puis son corps a fait un arc dans l'air et a fendu l'eau, en éclaboussant à peine.

Il a surgi à la surface en souriant.

– OK, j'ai fait. Juste pour que tu ne te fasses pas d'idées, quand je plonge, ça ne ressemble pas du tout à ça.

– Montre-moi.

Je suis montée sur la planche et j'ai marché avec prudence jusqu'au bord. J'ai placé mes mains jointes devant moi, pressé mon visage contre mes bras et sauté, en essayant de basculer mon corps dans l'air pour que ma tête touche l'eau en premier. Raté. J'ai frappé la surface dans un claquement sonore.

– Aaah, j'ai crié. Tu vois ! C'est ce que je disais. Aïe, ça fait super mal.

Kit riait.

– C'était vraiment mauvais, a-t-il dit. Pétard, tu ne plaisantais pas. T'es nulle.

– Merci.
– Ça va, je vais t'apprendre.
Il a nagé vers moi.
– Tu ne peux pas m'apprendre. C'est ce que j'essaye de te dire. C'est sans espoir.
– Pas le plongeon standard. Je vais t'en montrer des plus fantaisistes.
– De quoi tu parles ? Si je n'arrive pas à faire un plongeon classique, aucune chance que j'en fasse des plus compliqués.
– Bien sûr que si. Regarde.
Il a nagé jusqu'à l'extrémité de la piscine, a grimpé sur le bord et il a foncé devant moi vers le plongeoir.
– Le boulet de canon ! il a hurlé, en sautant furieusement au bout de la planche et en s'élançant dans l'air. Il a agrippé ses genoux, rentré la tête et atterri dans une immense gerbe d'eau qui m'a inondée.
Lorsqu'il a rejailli à la surface, je me suis moquée de lui.
– Tout le monde peut faire ça.
– Non. Pas du tout, il a dit, faussement sérieux. Cette figure est très difficile. Essaye.
J'ai couru au bout de la planche pour sauter très haut au-dessus de la piscine. J'ai étreint mes genoux contre mon front, suis restée suspendue pendant une minute dans l'air chaud et pur. Puis j'ai piqué vers l'eau.
Quand je suis remontée, en riant et en toussant, Kit était déjà sur le bord.

– Le requin-marteau il a crié, en courant au bout du plongeoir et, formant une boule compacte, il s'est jeté tête la première. Il est remonté à la surface.

– Whoooo !

Voilà comment s'est déroulé l'après-midi. Pas de plongeons, mais des sauts. Je me souvenais de certaines figures, apprises petite, quand j'allais à la piscine municipale : la pastèque, le couteau de poche, l'ouvre-boîtes. Mais Kit en connaissait une douzaine d'autres. Mon préféré était l'écureuil, un genre de boulet de canon inversé, où les mains doivent empoigner les hanches.

Finalement, après ce qui semblait des heures, j'ai grimpé sur le bord et me suis allongée sur ma serviette, en plissant les yeux sous le ciel sans nuages.

– J'en peux plus, j'ai dit en riant. Mon estomac me fait mal.

– Tu vois, a dit Kit. Il s'est allongé près de moi. Tu sais plonger.

Je me tenais le ventre.

– Aïe, aïe, aïe, j'ai gémi. Ça s'appelle pas plonger. Tout le monde peut faire ça.

– Eh, tu as trouvé une super technique pour l'écureuil.

Je lui ai jeté un coup d'œil, en protégeant mes yeux du soleil.

– Ouais, enfin… J'ai eu un bon professeur.

Il m'a souri.

Je me suis détournée.

– Qui est-ce qui t'a appris tout ça ?

Il a gardé le silence l'espace d'une minute.

– Mon père.

– Vraiment ?

– Ouais. Ce n'est pas un bon nageur, mais il adore l'eau. Il aime crâner.

J'ai pensé au père de Kit, qui se glissait dans les bars avec d'autres femmes, en mettant Kit dans la mouise auprès de sa mère. Il ne semblait pas être le genre de personne à apprendre vingt façons différentes de plonger à son fils. J'ai fixé Kit. On ne peut jamais deviner ce que les gens sont vraiment, au fond d'eux.

On est restés allongés là, sous le soleil brûlant. Au loin, je pouvais entendre le ronronnement faible et irrégulier des voitures sur la nationale. Où était le camion bleu en ce moment ?

chapitre 32

– J'ai une idée, j'ai fait.

On était couchés dans la chambre du motel. Il faisait presque nuit dehors. Kit avait pris deux sodas au distributeur automatique près de la piscine, et il a pressé une des canettes contre son front – le chlore lui avait donné la migraine, avait-il dit – tandis que je jouais à faire rouler la mienne sur le couvre-lit.

– Tu vas pas pouvoir l'ouvrir. Si tu fais ça, elle va exploser.

– Je sais, mais écoute-moi. Le bracelet. Et si la police trouvait le bracelet quelque part ?

– Qu'est-ce que tu veux dire ?

J'ai tendu la main pour saisir la sangle de mon sac à dos, l'ai tiré sur le lit et fouillé dedans. J'ai maintenu le bracelet en l'air pour que Kit puisse le voir, en le balançant au bout de mes doigts. Les breloques se sont entrechoquées.

– Et si la police trouvait le bracelet dans les affaires de Wicker ?

– Hein ?

– Si, d'une manière ou d'une autre, les flics trouvent le bracelet et les affaires de Wicker, et qu'ils fouillent ensuite sa maison et trouvent le bracelet… Ils feront le lien.

– T'es barge, a fait Kit.

– Non, réfléchis.

– Pas besoin d'y réfléchir. Ça n'a aucun sens. Pour la police, le bracelet n'a rien à voir avec la fille.

– Mais s'ils le trouvent dans sa maison…

– Luce, qu'ils trouvent le bracelet dans sa baraque ou dans un foutu fossé, ça ne changera rien.

J'ai soupiré en me frottant le front.

– Très bien, qu'est-ce qu'on devrait faire d'après toi ?

– J'en sais rien. Vraiment, je n'en sais rien. Mais j'ai faim. Allons voir si la cafétéria est encore ouverte.

Une file disjointe de voitures et de camions s'alignait, rangée d'un côté du parking. Alors qu'on traversait la route, Kit s'est arrêté net.

– Merde.

– Quoi ?

– Regarde.

J'ai eu un hoquet de stupeur. Le camion bleu.

– Qu'est-ce qu'il fiche là ?

– Qui sait ? Peut-être qu'il est là 24 heures sur 24, 7 jours sur 7. Ne t'approche pas de lui cette fois-ci, OK ?

Kit s'est avancé mais je ne bougeais pas, me mordant la lèvre.

– J'ai oublié mon soda, j'ai dit.

Kit s'est retourné.

– Et ? Tu peux en commander un.

– Non, c'est du gâchis. Je cours juste le chercher et je reviens.

– Tu y retournes pour ton soda ?

Il m'a regardée, incrédule.

– Ouais. Donne-moi la clé.

J'ai tendu la main.

Il a fait la moue.

– Dépêche-toi, il a dit, en me la jetant. J'ai faim.

J'ai traversé la route au pas de course et tourné du côté du motel en direction de notre chambre. Mon esprit s'emballait. Le camion. Je pouvais placer le bracelet dans le camion. La fille y était montée, je le savais. Il devait bien y avoir une preuve de son passage. Et si la police trouvait le bracelet dans son camion, ils auraient un premier indice.

J'ai ouvert et poussé la porte, saisi à la hâte le bracelet dans mon sac à dos et l'ai enfoncé dans ma poche. J'allais oublier la canette, mais l'ai attrapée au vol.

chapitre 33

Je me tenais debout dans l'ombre du parking, mon cœur cognait dans ma poitrine. Je pouvais voir les gens à travers les fenêtres de la cafétéria : une serveuse qui se penchait sur une table, un homme qui rejetait la tête en arrière en riant. Je ne voyais pas Kit. Ni Wicker. Aucun signe de vie dehors. Le camion bleu était garé dans un coin, légèrement éloigné des autres voitures et des deux gros camions. Et s'il était verrouillé ? Il ne l'était pas la dernière fois.

Je me suis calmée et j'ai marché jusqu'au camion en gardant les yeux rivés sur l'entrée du restaurant. Personne. D'une main, prudemment, j'ai fait jouer la poignée côté passager. Elle s'est soulevée facilement et la porte s'est ouverte. La lumière du plafonnier a clignoté et j'ai tendu le bras rapidement pour l'éteindre. J'ai posé la canette de soda sur le plancher et avec précaution, en tremblant, j'ai tiré le bracelet de ma poche. Je me suis accroupie au pied du siège passager, hésitante. Si je le cachais dans le tas de bouteilles et d'emballages, il pourrait l'y trouver.

Ou pire, le ramasser avec tout le bazar et le balancer par erreur.

Je ne cessais de jeter des coups d'œil vers la cafétéria. Et si je le cachais entre les sièges ? Sous l'un des sièges ? J'ai avancé la main gauche sous le siège passager. Dans un froissement, mes doigts ont rencontré un fatras de déchets : encore des papiers, une bouteille, le manche dur de quelque chose. Je me suis relevée lentement en tenant précieusement le bracelet dans ma paume. J'ai regardé à nouveau les breloques : le sablier, le coffre à trésor, le fer à cheval, le cœur. Comme il avait été facile de défaire le bracelet et de le faire glisser du bras de la fille. C'était la seule trace qu'il restait de cette nuit-là. Au bout d'une minute, je l'ai enfoncé loin sous le siège, dans le fouillis qui formait un recoin sombre.

J'ai vérifié à nouveau l'entrée de la cafétéria. Personne alentour. J'ai replacé la lumière du plafonnier et fermé la porte du camion, en la poussant avec la hanche jusqu'à ce que j'entende le clic de la serrure. Mais en me retournant, j'ai trébuché sur ma canette de soda. Elle a crépité sur le sol rocailleux, un bruit faible qui a résonné, amplifié par le silence. L'espace d'une minute, j'ai tâtonné désespérément dans le noir. Puis j'ai senti le métal froid de la canette et l'ai serrée contre ma poitrine. J'ai traversé le parking pour pénétrer dans le restaurant.

Kit était attablé dans un box près d'une fenêtre, il passait un coup de fil. Je le voyais sourire et je pouvais entendre la tension dans sa voix, le ton enjôleur, exagéré. C'était Lara. Évidemment. Il m'a jeté un coup d'œil. Ses yeux me défiaient, vaguement provocateurs.

– Bien sûr, il a dit dans le combiné. Absolument. Désolé pour tout à l'heure. Ouais, enfin, personne ne m'appelle comme ça, je ne sais pas pourquoi elle a dit ça.

Il m'a fait une grimace.

– On se parle demain.

Sa voix s'est adoucie.

– Toi aussi. Bye.

Je me suis glissée dans le box en posant la canette entre nous.

– Pourquoi as-tu mis si longtemps ? a dit Kit.

Il a fait un signe de tête en direction du comptoir. J'ai vu Wicker assis à l'extrémité, penché sur une assiette pleine, un type anodin portant une chemise à carreaux et un jean quelconques. Ses yeux pâles ont brillé quand son regard a glissé sur moi, sans s'arrêter.

– T'étais où ? a demandé Kit à nouveau. J'ai déjà commandé.

J'ai marqué une pause.

– Je n'arrivais pas à ouvrir la porte de la chambre, j'ai dit.

J'avais l'intention de lui parler du bracelet, mais pas maintenant, alors que Wicker nous regardait.

Il s'est renfrogné.

– Et t'as fait quoi ? T'es allée récupérer une autre clé ?

– Non, j'ai marmonné. J'ai finalement réussi à l'ouvrir.

J'ai attrapé le menu et fait semblant de l'étudier.

– T'as pris quoi ?

– Un burger. Avec des frites.

La serveuse, la plus âgée, celle qui avait pris notre commande ce matin, est venue à notre table. J'ai commandé un hamburger et un milk-shake. Elle a griffonné sur son bloc en nous regardant bizarrement, mais sans rien dire.

– Je croyais que tu voulais boire ton soda, a dit Kit.

J'ai regardé la canette.

– J'ai changé d'avis.

Je me suis penchée en avant, en baissant la voix :

– Alors, qu'est-ce qu'il fait ?

Kit s'est penché si près que je pouvais sentir son souffle sur ma joue. Il a chuchoté :

– Il mange.

– Allez, sérieusement.

– Eh bien, tu penses qu'il fait quoi ? Il dîne. C'est plutôt suspect. Enfin, qu'est-ce qu'il croit, que c'est un restaurant ici ?

– Arrête.

Il s'est renversé sur son siège, un sourire idiot aux lèvres.

Les plats servis, nous avons mangé en silence. La serveuse avait arraché la note de son calepin et l'avait posée sur la table. J'avais envie d'observer Wicker, mais je sentais son regard peser sur moi et il me faisait froid dans le dos.

– Est-ce qu'il nous regarde ? j'ai demandé à Kit.

Il lui a jeté un coup d'œil et froncé légèrement les sourcils.

– Oui, mais pas nous. Toi.

J'ai pris le milk-shake glacé à deux mains et je me suis recroquevillée dans le coin du box.

– Dis-moi quand il part.

– Il s'en va là. Il vient juste de payer. OK, flippe pas, mais il se dirige vers nous.

Je me suis raidie, mais n'ai pas même eu le temps de réagir : Wicker se tenait près de notre table et me regardait. Ses yeux allaient et venaient sur mon visage. Ils avaient ce même air éteint que j'avais remarqué plus tôt, aussi froids que du métal. J'ai dégluti.

– Vous n'êtes pas du coin, si ?

– Non, j'ai fait.

Ma voix sonnait haut perchée et fébrile.

– Alors vous êtes d'où ?

J'ai hésité.

– Du Kansas.

Il a ri, un éclat de rire bref et nasal, et j'ai vu sa pomme d'Adam tressauter, dévoilant, l'espace d'une seconde, la partie de sa poitrine épargnée par le bronzage, au-dessus du col de sa chemise.

– Du Kansas ! Et qu'est-ce que vous êtes venus faire dans le coin ?

– On ne fait que passer, a dit Kit. On va en Arizona.

– Mmm.

Il continuait de me regarder. Je ne pouvais pas détacher mes yeux.

– Soyez prudents. Cet endroit n'a rien à voir avec le Kansas.

J'ai acquiescé, muette. Puis, aussi soudainement qu'il était apparu, il était reparti. La porte de la cafétéria a claqué derrière lui et on l'a regardé par la vitre traverser le parking obscur, les épaules courbées, tête baissée.

J'ai posé mon milk-shake sur la table, incapable de le finir.

– J'ai mis le bracelet dans le camion.

Kit m'a fixée du regard.

– Quoi ?

– Je l'ai caché dans son camion, sous le siège avant, j'ai dit.

– Tu plaisantes.

– Écoute, Kit. Ça prouvera qu'elle était là. On peut appeler la police et…

– Qu'est-ce que tu veux dire, tu as… Attends une minute. C'est ça que t'étais en train de faire ? Chercher le bracelet ?

– Oui. Je l'ai caché dans le camion. Kit, si on ne fait rien, personne ne saura jamais. Ils n'attraperont jamais ce type. Et il ne s'agit pas que de la fille ! Il y en a eu d'autres. Tu as vu la boîte. Et une fille comme Elena, tu l'as dit toi-même, ne peut pas aller trouver la police. Le bracelet, il prouve que la fille était dans son camion.

– Mais qu'est-ce que tu fous, putain ?

Kit s'est écarté violemment de la table.

– Écoute-moi bien : ça ne prouve absolument rien.

– Mais…

– Je ne cesse de te le répéter. *La police ne sait pas que le bracelet appartient à la fille*. Et pour cause, pour que le bijou ait une signification à leurs yeux, il aurait fallu qu'ils le trouvent sur *elle*, pas sur lui. Tu ne comprends donc pas ?

– Mais…

– De plus, tu ne sais même pas si cette fille est montée, ne serait-ce qu'une seule fois, dans son camion. Tu n'en sais rien.

– Mais elle y était ! Kit, je le sais.

– Écoute, tu le penses peut-être, mais ce n'est pas de ton ressort. Tu ne peux pas simplement décider que ce type est coupable, puis, genre, planquer des preuves dans son camion. Je veux dire, tu te prends pour qui, ce putain de Dieu le Père ?

Il m'a foudroyée du regard.

– Mais…

– Mais quoi ? Tu ne peux pas juste inventer tout ça au fur et à mesure.

Je me suis rétractée.

– Je voulais trouver une solution, j'ai fait lamentablement. Je voulais juste… Je ne peux pas accepter qu'il s'en sorte.

– Accepter quoi ? On ne sait même pas s'il a fait quelque chose !

Kit a tiré son portefeuille de sa poche de jean et jeté un billet de vingt sur la table.

– Merde, il a dit en se levant.

– Attends, j'ai plaidé.

Il a ramassé le soda, l'enserrant dans son poing, et a frappé le bord de la table avec.

– Maintenant on n'a plus rien. On ne peut même plus montrer le bracelet aux flics et leur raconter ce qu'il s'est passé. Ils n'en sauront jamais rien. Ils n'ont aucune raison d'aller fouiller le camion de ce mec. Et même s'ils le faisaient, le bracelet pourrait appartenir à n'importe qui, sa copine, sa fille, n'importe qui.

Un sentiment de honte m'a envahie.

– Tu as raison, j'ai dit.

– Ouais. Et maintenant, qu'est-ce que tu as à dire ?

Il s'est tourné et s'est avancé, pressé, vers la porte. Je me suis extirpée précipitamment du box et je l'ai suivi.

– Kit, attends.

Je lui ai couru après, j'ai agrippé sa manche.

– Non. Rentre au motel. T'as la clé.

– Qu'est-ce que tu vas faire ?

– À ton avis, qu'est-ce que je vais faire ? Récupérer le bracelet.

– Mais comment ?

Il m'a à peine regardée, s'est dégagé d'un coup sec et a marché vers la nationale.

– Je sais où il habite.

– Je viens avec toi.

– Non.

– Mais tu ne sais pas où je l'ai caché.

– Sous le siège. Je le trouverai.

– Kit.

Mes doigts ont enserré son bras.

– Je suis désolée. Je suis vraiment désolée. Laisse-moi t'accompagner.

Il s'est libéré et a repris sa marche. J'ai couru derrière lui.

– Tu as besoin de quelqu'un pour lire la carte.

– Non, pas besoin. Je sais comment y aller.

– Kit, s'il te plaît.

On était là, debout au bout du parking, séparés du motel par la chaussée qui faisait comme un fossé. Le cactus en néon clignotait au-dessus de nous, sûr de son propre éclat, distillant un faux sentiment de sécurité. Kit m'a coulé un long regard irrité.

Mais il a fini par hausser les épaules et, quand il a traversé la route dans le noir, je marchais à ses côtés.

chapitre 34

Il était difficile de repérer la sortie. On a dépassé la station-service, cube de béton ramassé sur lui-même, et j'ai gardé le visage collé contre la vitre en scrutant désespérément la nuit noire. La lune n'émettait qu'un faible éclat.

– Là voilà, j'ai dit rapidement, en apercevant une trouée sur le côté droit de la route.

Kit a tourné brusquement en écrasant le gravier.

– Ralentis, j'ai dit. On fait trop de bruit.

Le vrombissement de la voiture sur la route accidentée était assourdissant. Il m'a jeté un rapide coup d'œil.

– Comment on va s'approcher de la maison sans qu'il nous entende ? j'ai demandé.

– On y arrivera bien, a dit Kit.

Mais sa voix était lugubre. On a atteint une butte et soudain, on a pu voir la maison.

La voiture a ralenti, on avançait au pas, mais je pouvais toujours entendre chaque pierre crisser.

– Il va nous entendre, j'ai murmuré.

– Il n'est peut-être même pas chez lui, a dit Kit.

Mais en s'approchant de l'allée, j'ai distingué le camion. Il y avait une lumière allumée à la fenêtre de devant.

– OK, a dit Kit.

Il s'est arrêté sur le bord de la route, a coupé le moteur et éteint les phares avant. On est restés assis dans la voiture silencieuse, en regardant la maison. La lumière jaune de la cabine du camion brillait fixement, éclairant la cour. Je ne voyais pourtant personne à l'intérieur.

Kit a posé sa main sur la poignée de la portière.

– Non, j'ai dit. Laisse-moi y aller.

– Mmm-mmm, attends ici. Ce ne sera pas long.

– Kit, tu ne sais pas où chercher.

– Je le trouverai.

J'ai touché son bras.

– Laisse-moi y aller. Je serai plus rapide.

Il m'a regardé, circonspect, puis à nouveau a jeté un œil en direction de la maison.

– OK, il a fini par lâcher. Sois prudente. Et grouille-toi.

J'ai ouvert la portière aussi doucement que possible et j'ai posé le pied sur la route. Je portais encore mes tongs. Pas terrible pour courir. Je suis sortie, tout en continuant à observer la maison. Doucement, j'ai fait pivoter la portière pour la fermer, les mains tremblantes, mais sans enclencher le verrou. Puis j'ai commencé à traverser la cour pour me diriger vers la silhouette sombre du camion.

En m'approchant de la maison, je me suis aperçue que la fenêtre était ouverte. Je pouvais entendre le faible bourdonnement de la télévision, des voix ponctuées par des rires préenregistrés. Pas un mouvement du côté de la porte d'entrée. Mon cœur battait la chamade, mon sang cognait dans mes tempes. Sans bruit, je me suis glissée vers le côté passager du camion et j'ai cherché la poignée dans le noir.

Toujours aucun signe de mouvement dans la maison. J'ai soulevé la poignée et ouvert lentement la portière. Elle a émis un faible gémissement et le plafonnier a clignoté, inondant la cabine de lumière. Paniquée et clignant des yeux face à cette soudaine clarté, j'ai escaladé précipitamment le siège et j'ai tourné le plafonnier pour l'éteindre. Je me suis tapie là, pétrifiée, les yeux fixés sur la maison. Mais le ronronnement de la télé a continué et personne n'est venu à la fenêtre.

« OK, j'ai pensé, vite, vite, vite. » J'ai enfoncé ma main sous le siège, en tâtonnant. Froissé un papier sous mes doigts nerveux. J'ai senti le manche dur de quelque chose et l'ai repoussé. Où était le bracelet ? J'ai tendu la main plus loin, passé mon bras presque entièrement sous le siège. Je savais où il aurait dû se trouver. Là, sur le côté. Mais peut-être qu'avec la route cahoteuse, il avait roulé quelque part ailleurs. La main tendue bien à plat, j'ai promené désespérément mes doigts dans le tas de débris sous le siège.

J'ai senti alors quelque chose de petit et de doux. Une des breloques, j'en étais sûre. J'ai enroulé mes doigts autour et tiré. Immédiatement le bracelet s'est dégagé. La chaîne a sauté contre ma peau.

– Eh, qu'est-ce que t'es en train de faire ?

La voix perchée et nasale a surgi de l'obscurité juste à côté de moi. Je me suis redressée aussi vite que possible pour sauter au bas du camion, mais je n'ai pas été assez rapide.

Il se tenait là, il me fixait, le visage tel un masque.

Je ne pouvais pas parler, ni déglutir, ni respirer. J'ai pivoté pour me mettre à courir, mais il a tendu la main d'un geste vif et a attrapé mon bras. Il me serrait comme dans un étau.

– Qu'est-ce que tu as là ? a-t-il demandé, se coulant entre moi et le siège passager, ses yeux cillant sur ce que je tenais dans la main.

J'ai essayé de le cacher, enroulant la chaîne en métal dans mon poing. Mais trop tard pour qu'il ne puisse pas le voir. Même dans l'obscurité, je pouvais sentir ses yeux braqués dessus.

– C'est à elle, il a fini par lâcher.

J'ai senti la peur me transpercer comme une lame froide.

– Où t'as trouvé ça ?

Je ne pouvais pas répondre. Il m'a secouée d'un mouvement brusque qui m'a presque fait tomber à genoux. J'ai poussé un cri et j'ai trébuché en arrière, sa main toujours refermée sur mon bras.

– Réponds-moi. Où l'as-tu trouvé ?

J'ai secoué la tête, la gorge nouée. Mais il a alors serré mon bras si fort que j'ai glapi, et il a collé son visage contre le mien. Je pouvais sentir son odeur, une odeur froide et aigre. Je me suis recroquevillée.

– Qu'est-ce que tu fiches là ? Où est ton copain ?

Il s'est baissé soudainement et a enfoncé une main sous le siège passager. Quand elle a réapparu, elle tenait quelque chose de petit et d'effilé. Quelque chose avec un manche. Je ne pouvais pas voir quoi exactement, puis j'ai compris. Un couteau.

– S'il vous plaît, j'ai dit d'une voix étrange, chevrotante, qui ne ressemblait pas du tout à la mienne. S'il vous plaît.

C'est alors que j'ai entendu un bruit. Un sifflement, proche de nous. Wicker s'est retourné en levant son couteau, et j'ai plissé les yeux dans le noir. Quelque chose de brillant a volé vers nous.

– Cours, Luce ! Maintenant !

J'ai senti des gouttes pleuvoir sur moi et j'ai entendu un craquement assourdi au moment où la canette de soda a giflé la partie gauche du visage de Wicker. Il a lâché mon bras et titubé en arrière.

J'ai couru. À l'aveuglette, à travers le terrain rocailleux, dans l'herbe rêche, tout droit dans la nuit. Comme mes tongs me faisaient trébucher, je les ai ôtées d'un coup, les pierres dures ont écorché mes pieds nus. Je pouvais entendre Kit derrière moi, puis les cris et les grognements de Wicker.

– Eh !

Mais on était déjà à la voiture. On s'est rués à l'intérieur et Kit, en tâtonnant, a enfoncé la clé dans le démarreur.

– Il arrive, il arrive, il arrive, je sanglotais, scrutant la nuit qui masquait autant qu'elle révélait ce qui se tenait dans l'ombre.

Le moteur a grondé, les roues ont crissé sur le gravier et Kit a braqué brusquement le volant. On a dévié, quittant la route pendant une minute, pour faire demi-tour, et Kit a accéléré et rebroussé chemin à toute allure en direction de la nationale.

Il ne me regardait pas. Il était penché sur le volant, les yeux rivés à la route.

– Est-ce qu'il nous suit ? Tu peux voir le camion ?

– Non, j'ai murmuré. Non, pas encore, mais dépêche-toi, Kit. Vite.

L'allée a disparu derrière nous. Je ne pouvais plus voir la maison. La voiture a cahoté en gagnant la surface lisse de la grande route et je me suis blottie dans le noir, le bracelet serré dans mon poing.

chapitre 35

– Nous devons appeler quelqu'un, j'ai murmuré, quasiment incapable de parler.

Je ne cessais de regarder derrière nous. Pas de phares.

Kit a hoché la tête et m'a lancé son mobile. L'écran turquoise brillait dans le noir, mais je n'avais aucun signal, pas de réseau.

– Attends qu'on se rapproche de Kilmore, il a dit.

Il n'arrêtait pas de contrôler le rétroviseur. Il s'est finalement tourné vers moi.

– Ça va ?

J'ai fait oui de la tête, muette.

– Luce ? Est-ce que… ?

– Ouais, j'ai fait, m'efforçant de retrouver mon ton de voix habituel.

– Tu aurais dû me laisser faire.

J'ai fait un nouveau signe de tête, mais je me rappelais ce que Kit avait dit à propos de mon idée de cacher le bracelet dans le camion de Wicker. De moi qui me prenais pour Dieu le Père.

– Kit, quand il a vu le bracelet, il a dit « C'est le sien. »

Kit est resté silencieux.

– C'est lui qui lui a fait ça.

– Oui.

Enfin, le message PAS DE SERVICE a arrêté de clignoter sur le téléphone.

– Je veux appeler Jamie, j'ai dit.

– Tu devrais appeler la police.

– Je sais, mais d'abord Jamie, OK ? Tu as le numéro de Beth ?

Kit a haussé les épaules.

– Écoute les messages. Il est dedans. Il doit y en avoir une douzaine de Jamie.

J'ai commencé à passer en revue les messages, mais le premier était de Lara. Je me suis raidie en entendant sa voix.

– Eh, Kit…

Kit a dû réaliser qui c'était parce qu'il a tendu la main pour récupérer le portable.

– Donne, tu ne sais pas t'en servir. Je vais te retrouver le numéro, il a dit calmement.

Il a composé le numéro pour moi et m'a rendu le mobile. Quelques secondes plus tard, j'ai entendu la voix anxieuse de Beth

– Beth, c'est Lucy. Je peux parler à Jamie ?

– Lucy ! Où es-tu ? On vous attend depuis des heures. Que se passe-t-il ?

– On a trouvé… J'ai pris une grande inspiration. On a trouvé le type, Beth. Celui qui l'a laissée là-bas.

Un silence au bout de la ligne, une mesure vide, puis sa voix, perplexe, incrédule.

– Que veux-tu dire ? Comment le sais-tu ?

– C'est une longue histoire. Peux-tu appeler la police pour nous ?

– Fais-les venir au motel, a dit Kit.

J'ai acquiescé d'un signe de tête.

– Tu peux leur dire de nous retrouver au Desert Inn à Kilmore ? C'est là qu'on est. Et Beth… Tu pourrais leur demander de venir rapidement ?

– Lucy, que s'est-il passé ?

– Je ne peux pas…

Ma voix tremblait :

– Il y a trop à raconter. Je dirai tout à la police. Mais est-ce que je peux parler à Jamie ?

Elle hésitait à l'autre bout du fil, puis j'ai entendu la voix inquiète de Jamie.

– Luce ? Où es-tu ?

– Jamie, on a retrouvé le type. Celui qui l'a laissée sur la route. On pense qu'il l'a tuée.

– Mais elle a eu une défaillance cardiaque.

– Je sais, je sais, c'est ce que pense la police. Mais on a été chez lui et on a trouvé des pilules d'ecstasy…

– D'ecstasy ?

Jamie semblait abasourdi :

– Luce, tu dois rentrer. Maintenant. Maman et papa ont appelé tous les deux, genre, cinq fois aujourd'hui. En demandant où tu étais, avec qui, ce qu'il se passait.

J'ai soupiré. Ils en savaient juste assez pour s'inquiéter.

– Appelle la police pour nous, OK ? Tout de suite.

– OK. Mais Luce... Tu vas bien ?

– Oui.

Soudain il me manquait. Pas seulement lui, mais moi aussi, ce que nous étions quatre jours plus tôt, avant que rien de tout cela n'arrive. Je pensais à nous deux quand nous étions enfants, toutes les conneries que nous faisions. Et comment les choses finissaient bien, plus ou moins, à chaque fois.

Jamie a soupiré :

– Oh, j'ai tellement envie que tout ça soit terminé.

– Moi aussi, j'ai murmuré.

J'ai raccroché, fermé le clapet du téléphone et l'ai posé sur mes genoux. Si c'était si compliqué d'expliquer à Jamie et à Beth, comment pourrait-on raconter ça à la police ?

Il était minuit passé depuis longtemps quand deux voitures de police se sont garées sur le parking du motel. Nous avions scruté la nationale, assis en silence sur le lit de Kit. Je pouvais sentir les choses changer, basculer d'une réalité à une autre. Ça m'a rappelé ce moment, sur la route, quand on l'a découverte. La montée de panique était la même. Identique aussi le sentiment que tout serait différent dorénavant.

Je tenais le bracelet dans mes mains. Je le faisais glisser d'avant en arrière entre mes doigts, en fixant les petites breloques. J'imaginais la fille en train de les acheter, choisir soigneusement le fer à cheval pour la chance, le coffre au trésor pour sa surprenante cachette à bijoux. Le bracelet était un souvenir intime de ce qu'elle avait été.

Soudain, dans un faisceau stroboscopique, les flashs bleus des voitures de police ont scintillé sur le visage de Kit. Il avait l'air si sérieux, presque effrayé. Le coup contre la porte nous a fait sursauter.

Quand j'ai ouvert, le shérif se tenait là, accompagné du policier aux yeux doux qui m'avait interrogée la nuit de l'accident.

– Mademoiselle Martinez ? a dit le shérif Durrell. Vous vous souvenez du sergent Henderson. J'ai cru comprendre que vous aviez des informations pour nous.

J'ai fait oui de la tête en ouvrant plus grand la porte. J'ai tendu le bracelet.

– Je…

Mais Kit m'est passé devant et me l'a pris des mains.

– Je l'ai ramassé sur la fille, il a dit, sans même me regarder.

Il l'a donné au shérif.

– La nuit de l'accident. Il était attaché à son poignet.

Je l'ai fixé, traversée par tant de sentiments qui s'entrechoquaient à toute vitesse en moi, que je n'ai plus su quoi faire. Et puis soudain, j'ai su. J'ai saisi le bras de Kit et j'ai fait glisser ma main jusqu'à ce que mes doigts enlacent les siens.

– Non, j'ai dit. C'est moi qui l'ai pris.

Kit s'est tourné vers moi, je ne l'ai pas regardé.

Le shérif nous observait. L'expression sur son visage était impénétrable.

– L'un d'entre vous veut-il bien me dire ce qu'il se passe ?

Et c'est ce qu'on a fait.

Assis sur le bord du lit, nous leur avons raconté ce qu'il s'était passé. Le bracelet et mon dessin de la fille, comment en allant à la cafétéria, on avait trouvé le camion bleu. Le shérif posait les questions, le sergent prenait des notes. Il y a une partie que nous avons passée sous silence, omettant les détails, celle qui concernait Elena, la serveuse. On ne voulait pas lui attirer d'ennuis. Kit a simplement dit qu'on avait montré le portrait aux clients de la cafétéria et que l'un d'eux avait reconnu la fille.

– Qui ? a demandé vivement le shérif. Qui l'a identifiée ? Vous avez pris le nom de cette personne ?

– Euh, non, a dit Kit. C'était une femme.

– À quoi ressemblait-elle ? a demandé le sergent Henderson.

– Je ne m'en souviens pas vraiment, a dit Kit. Je ne suis pas très doué pour ça.

Ils m'ont regardée, impatiemment. Je me suis mordu la lèvre.

– Elle avait des cheveux bruns.

Ensuite nous leur avons raconté le reste : comment on a croisé Wicker sur la route, comment on est allés chez lui, et comment on a trouvé la boîte avec la breloque et le tube de comprimés. J'ai extirpé la pilule de ma poche et l'ai donnée au sergent qui a louché dessus avant de la tendre au shérif.

– C'est... j'ai hésité.

– Je sais ce que c'est, a dit le shérif sèchement.

Lui et le sergent ont échangé des regards, sans rien dire.

Je leur ai raconté comment j'avais caché le bracelet dans le camion de Wicker.

Le shérif me fixait, en secouant la tête.

– Et pourquoi avez-vous fait ça ? a-t-il demandé. Mademoiselle Martinez ? Pourquoi feriez-vous une telle chose ?

– Je ne sais pas. Je pensais que si vous trouviez le bracelet dans son camion, puis la breloque dans sa maison, peut-être que vous... Peut-être auriez-vous compris que la fille avait été là.

– Je vois. Donc vous avez semé des preuves ?

– Non, ça ne s'est pas passé comme ça...

Ma voix s'est perdue en un mince filet. C'était exactement ça.

– Enfin, je savais que j'avais tort. Voilà pourquoi nous sommes retournés chez lui récupérer le bracelet.

Je leur ai raconté tout ce dont je pouvais me souvenir de Wicker, ses yeux pâles, ses cheveux gris et hérissés.

– Vous ne semblez pas avoir de problème pour vous rappeler à quoi *il* ressemble, commenta le shérif Durrell.

– J'étais effrayée. Il avait un couteau. Je l'ai observé tout du long.

Le sergent a levé le nez de ses notes.

– Quel genre de couteau ?

– Je ne sais pas. Il n'était pas très gros, mais la lame était longue.

– Longue comment ?

J'ai secoué la tête.

– Je ne sais pas. Je ne voyais rien.

Le sergent a continué d'écrire, sa main s'activait, remplissant la page.

Une fois l'entretien terminé, la chambre est redevenue calme. Le sergent consultait ses notes. Le shérif, lui, nous observait, d'un regard froid qui nous jaugeait. Il a pris son bloc-notes au sergent et en a feuilleté les pages.

– Alors…

On a attendu.

– Vol.

Kit m'a jeté un coup d'œil.

– Mensonge à un officier de police.

J'ai avalé ma salive.

– Introduction par effraction.

Le shérif a tourné une autre page.

– Possession de substance illicite.

Il m'a regardé et je n'ai rien pu faire d'autre que de fixer le sol.

– Ce n'était pas la nôtre, a dit Kit.

– Avez-vous seulement la moindre idée des ennuis dans lesquels vous vous êtes fourrés ?

Aucun de nous n'a ouvert la bouche. J'ai resserré mes doigts sur ceux de Kit.

– Est-ce que vous réalisez à quel point ces actes ont des répercussions sur l'enquête ?

Lentement j'ai levé les yeux. Le visage du shérif était impassible.

– Je suis désolée, j'ai murmuré.

– Désolée ? Vous êtes désolée ?

– Cette fille est morte, il y a quatre jours. Quatre *jours*. Sans qu'on puisse l'identifier, ni peut-être déterminer la réelle cause de sa mort. Vous saviez, vous aviez l'information, un objet trouvé sur le corps de la victime qui aurait pu tout changer.

Ma gorge était nouée, je pouvais sentir mes yeux s'embuer de larmes.

– Écoutez-moi bien, mademoiselle Martinez. Supposez que cette fille soit votre sœur. Supposez qu'on ait trouvé votre sœur morte sur une route quelque part, et la personne qui l'a trouvée s'empare de l'information qui aurait permis de l'identifier et de comprendre ce qui lui est arrivé. Un renseignement qui aurait en fait prouvé qu'il s'agissait d'un crime.

J'ai senti Kit remuer à côté de moi et se redresser, tout droit.

– Elle a dit qu'elle était désolée.

Le shérif lui a jeté un rapide coup d'œil.

– Je vous conseille de ne pas en rajouter, M. Kitson, a-t-il dit froidement. Je n'ai pas même commencé avec vous. Vous êtes… Voyons voir… Il a brassé les pages du bloc-notes. À quatre mois près, vous avez tout juste l'âge adulte légal. Aimeriez-vous entendre les conséquences de tels actes pour une personne de plus de dix-huit ans ?

Kit n'a pas bronché.

Le shérif a grogné :

– Je ne pense pas.

Il a hoché la tête et fait signe au sergent Henderson.

– OK, nous a-t-il dit. Attendez ici.

Nous les avons suivis du regard tandis qu'ils retournaient à la voiture de police. Le bracelet se balançait dans la main du shérif. Ils se sont assis à la vue de tous, face à la vitrine du motel, en discutant et en feuilletant le bloc-notes.

– OK, a dit Kit. Tu peux lâcher ma main maintenant. J'ai une crampe aux doigts.

– Désolée, j'ai murmuré.

Il m'a souri à moitié, pas son sourire habituel, mais quelque chose d'autre. Il essayait de faire en sorte que je me sente mieux.

Il s'est passé une éternité avant qu'ils ne reviennent dans la chambre.

– Je vais aller faire un tour et rendre visite à ce Wicker, a dit le shérif. Nous allons voir ce qu'il a à dire. Le sergent Henderson va rester ici avec vous.

Il m'a regardée sévèrement.

– Il attendra dans la voiture de patrouille dehors. Aucun de vous ne doit quitter cette chambre. Compris ?

J'ai acquiescé.

– Vous devrez vous présenter au poste pour un second interrogatoire.

J'ai acquiescé à nouveau.

Quand ils sont repartis, la porte s'est refermée dans un bruit sec qui annonçait quelque chose d'irrévocable.

chapitre 36

– Pffou.

Kit a laissé échapper un long soupir.

– Je suis content que ça soit terminé.

Il a passé d'un coup sec son tee-shirt par-dessus sa tête et ôté son jean. Je me suis détournée, mais il semblait ne pas avoir conscience de ma présence. Il a rejeté le couvre-lit et s'est glissé entre les draps. Il a fermé les yeux.

– Je suis vanné.

Je me suis assise au bout du matelas, en entortillant mes cheveux. Le petit réveil numérique sur la table de nuit indiquait 01:00.

– Je ne pense pas que je vais pouvoir dormir, j'ai dit.

– Eh bien, moi oui, donc éteins la lumière.

– Mais qu'est-ce qu'il va se passer maintenant ? Tout ce qu'ils ont dit à propos de…

– Chut. Pas maintenant.

– Mais…

– Éteins.

Je l'ai regardé de travers, mais son visage était déjà adouci par le sommeil, son souffle s'était ralenti. J'ai poussé l'interrupteur et je me suis rendue dans la salle de bains pour me brosser les dents. Quand je suis sortie, Kit s'était endormi. J'ai enfilé ma chemise de nuit et me suis glissée dans la fraîcheur des draps. Dans le noir, j'ai fixé le plafond. Repassé dans ma tête tout ce que le shérif avait dit, cette longue liste de délits. J'ai tiré les draps sous mon menton. Je ne pensais pas être capable de dormir, mais en fermant les yeux, le vide m'a offert une sorte de refuge.

Je me suis réveillée en sursaut, tremblant de la tête aux pieds. Pendant une minute, je n'ai pas pu dire où j'étais et je me suis tournée dans tous les sens, essayant de repérer quelque chose de familier dans l'obscurité de la chambre. J'avais encore rêvé de la fille. Cette fois-ci, quand elle avait surgi au milieu de la route détrempée, elle était venue en volant vers moi, ses tristes yeux noirs rivés aux miens. J'avais peur d'elle, peur de ce qu'elle voulait. J'essayais de fuir. Puis je m'étais réveillée.

Kit était toujours endormi, couché sur le dos, un bras jeté au-dessus de la tête. Frissonnante, je me suis traînée hors du lit et j'ai cherché à l'aveuglette le chemin vers la salle de bains pour boire un verre d'eau. La lumière crue m'a brûlé les yeux, mais je l'ai laissée allumée, comme j'ai laissé la porte entrouverte, de sorte que la pièce soit moins obscure. L'eau froide avait un goût de rouille. J'ai rapporté un verre que j'ai posé sur la table de nuit et j'ai regardé le profil apaisé de Kit.

J'ai trouvé mon carnet de croquis et sorti mon crayon. Assise en tailleur sur mon lit, j'ai commencé à dessiner. Il y avait juste assez de lumière pour que je puisse voir ses traits – rien de précis ni de distinct, seulement les contours vagues de son visage. J'ai esquissé la cascade légère de ses cheveux, la ligne de son front et de son nez. En arrivant aux yeux, j'ai dessiné avec douceur, méticuleusement, les cils, comme s'il était important que je saisisse chacun d'eux. Les visages sont différents dans le sommeil. Détendus, ils révèlent leur vrai caractère, retrouvent leur ancienne innocence, débarrassés des masques que les gens portent le jour.

Endormi, Kit aurait pu passer pour un saint ou un ange. Son visage ne présentait que des lignes et des courbes gracieuses. Il n'a pas bougé tout le temps où j'ai fait son portrait, malgré la lumière criarde de la salle de bains. Lorsque j'ai eu terminé, je connaissais son visage par cœur.

J'ai dormi jusque tard dans la matinée, si bien que la chambre était emplie de lumière quand j'ai ouvert les yeux. Le téléphone a retenti, une sonnerie colérique. Le lit de Kit était vide et je pouvais entendre le jet de la douche gémir à travers le mur. J'ai repoussé les cheveux que j'avais sur le visage et j'ai cherché à tâtons le combiné.

– Allô ?

– Mademoiselle Martinez ?

Je me suis redressée.

– Oui ?

– Shérif Durrell à l'appareil. Nous allons avoir besoin de vous et de M. Kitson au poste pour répondre à quelques questions.

– Oh. D'accord. Mais… Avez-vous parlé à Wicker ?

– Nous l'avons également fait venir pour un interrogatoire.

J'ai frissonné. Le « également » ne faisait aucune différence entre lui et nous, comme si nous étions ses complices.

– Je ne sais pas où se trouve le poste.

– Je voulais que le sergent Henderson vous escorte, mais j'ai dû faire appel à ses services la nuit dernière.

J'ai regardé par la fenêtre. L'autre voiture de police n'était plus là.

– Pourquoi ? Que s'est-il passé ?

– Mademoiselle Martinez.

Sa voix était froide.

– Désolée.

– Le poste est à Quebrada. C'est à une trentaine de kilomètres environ, à l'ouest, en partant de la maison de Beth Osway. Elle peut vous indiquer le chemin.

Le bruit de la douche a cessé brusquement et la porte de la salle de bains s'est ouverte. Kit a passé la tête.

– À qui tu parles ? il a murmuré.

– La police, j'ai marmonné.

Je me suis concentrée à nouveau sur le téléphone.

– Nous devons venir maintenant ?

Je l'ai entendu réfléchir un instant.

– Pour le moment, allez chez madame Osway. Je laisserai des instructions à votre intention. Mais vous devez vous y rendre directement. Compris ?

J'ai acquiescé, idiotement, puis me suis rappelé que j'étais au téléphone.

– Oui, entendu, nous partons maintenant.

– Je vous parlerai plus tard dans la journée, mademoiselle Martinez.

– OK.

Kit est sorti de la salle de bains, il avait enfilé son jean et se séchait les cheveux.

– Alors, qu'est-ce qu'il a dit ?

– Ils veulent à nouveau nous entendre, j'ai dit, morose. Ils ont fait venir Wicker au poste.

– À nouveau ? Bon Dieu ! On leur a tout dit. Je veux dire, on a résolu cette fichue affaire à leur place. Qu'est-ce qu'ils veulent encore ?

Il semblait tellement scandalisé que j'ai presque eu envie de sourire.

– Je ne pense pas qu'ils le voient comme ça. Mais ils ont dit qu'on pouvait retourner chez Beth. Ils nous appelleront là-bas. Donc on doit y aller.

Il a froncé les sourcils. Il a roulé ses vêtements en boule et les a fourrés dans son sac de marin.

On a pris une autre route pour retourner chez Beth, plus étroite et carrément moins fréquentée, parce qu'on en avait tous les deux marre de la nationale. C'était censé être un raccourci, mais le trajet a semblé plus long. Kit a appelé Jamie et Beth pour les prévenir qu'on arrivait et je l'ai écouté éluder les questions que posait Beth, en vain, par un vague « Oui, oui, on vous racontera quand on sera là. »

J'étais assise, les pieds sur le panneau de bord, mon carnet sur les genoux, et je dessinais une nouvelle ligne de montagnes. Celles-ci étaient plus petites que les autres, nichées près de la route, leurs parois étaient douces, recouvertes d'arbustes noirs.

– Tu penses que la police va engager des poursuites contre nous ? j'ai demandé.

Kit a fait non de la tête.

– Pas question. On n'a rien fait de mal.

Je lui ai lancé un regard plein d'espoir.

– Non ?

– Enfin, je veux dire, si… Mais c'était pour de bonnes raisons, non ? Ça devrait changer la donne.

C'était comme s'il essayait de nous en convaincre tous les deux.

Droit devant, j'ai vu une station-service et, sur le côté de la route, un panneau en bois où était peint à la main le visage d'une femme noyé dans un nuage de fumée : « JINJEE, INTERPRÉTEUSE DE RÊVES 10 $ / RÊVE. »

– Kit ! je me suis écriée. Arrête-toi !

– Quoi ? On n'a pas besoin d'essence.

– Non !

On était passés devant à toute allure. J'ai saisi son bras.

– Pour l'autre truc.

Il a froncé les sourcils et a freiné pour faire demi-tour sur le parking de la station.

– Quel autre truc ?

J'ai regardé ailleurs, gênée.

– L'interpréteuse de rêves. Je veux la voir.

– Hein ?

J'ai soupiré en soutenant enfin son regard. Je me suis penchée sur le siège arrière et j'ai montré le panneau du doigt.

– Écoute. Je fais le même rêve toutes les nuits depuis l'accident. Je rêve de la fille. Je veux savoir ce que ça signifie.

– Je vais te le dire moi. T'as complètement flippé quand on a découvert la fille, donc maintenant tu rêves d'elle. C'est pas compliqué.

– Non, il y a autre chose. Dans le rêve, elle tend toujours la main vers moi. Elle attend quelque chose de moi, mais je ne sais pas quoi.

– Et tu penses qu'une espèce de cinglée dans une station-service va te donner la réponse ?

– Je veux juste essayer.

Ça semblait pitoyable, même à moi.

– Je veux dire, les Indiens interprètent les rêves, non ? Ça fait partie intégrante de leur culture. Peut-être qu'elle peut m'aider à comprendre.

Kit s'est passé les mains dans les cheveux, l'air mécontent.

– Très bien, fais ce que tu veux. Je vais me chercher un soda.

Il a ouvert la portière.

Dans le petit bureau de la station, un gros homme en maillot de corps était en train d'aligner des lunettes de soleil sur un rayonnage. Il a levé les yeux quand on est entrés.

– Que puis-je faire pour vous ?

– J'ai vu le panneau, j'ai dit, en le montrant du doigt.

– Oh, bien sûr. Jinjee. Je vais vous la chercher. Il a ouvert une porte dans le fond et a crié. Une femme est sortie en traînant des pieds, une robe de soie mauve nouée à la taille. Elle avait des cheveux mous d'un noir de jais, qui pendaient de chaque côté d'un visage plissé mais pas ridé. Impossible de deviner son âge. Elle n'avait pas l'air indienne, on aurait plutôt dit qu'elle était chinoise.

– Bonjour, j'ai dit gauchement. Euh, je voulais faire interpréter un rêve.

– OK, elle a répondu avec un accent indéfinissable. Dix dollars.

– Oh.

Je me suis tournée vers Kit :

– Mon argent est dans mon sac à dos. Tu veux bien me prêter dix dollars ? Je te rembourserai.

Il a roulé des yeux et a ouvert son portefeuille.

– Par ici, a dit la femme en ouvrant la porte du fond qui donnait sur un couloir.

J'ai tiré Kit par le bras.

– Tu viens aussi, j'ai dit doucement.

– Ouais, super.

On a traversé le couloir jusqu'à une autre porte et quand elle l'a ouverte, on était à nouveau dehors, dans la cour arrière du bâtiment. Il y avait une tente de fortune à quelques mètres de là, et tout autour, un chemin de poussière rougeâtre, bien net. Kit et moi l'avons suivie.

– Elle n'a même pas l'air indienne, a chuchoté Kit. C'est probablement qu'une de ces tarées New Age.

– Tu crois que c'est une arnaque ?

Il a grogné.

– Évidemment que c'est une arnaque.

Il a pris une voix ténébreuse :

– Vous allez faire un long voyage. Ne vous approchez pas du poisson.

– Arrête. Ce n'est pas une diseuse de bonne aventure.

– Ah oui, c'est vrai. Pardon. *Interpréteuse de rêves*. Ça n'a rien à voir. Ça c'est une vraie science.

Je l'ai regardé de travers.

– Écoute, j'ai envie de pouvoir dormir à nouveau. Je suis épuisée. Peut-être qu'elle peut m'aider.

Ornée de dessins d'étoiles et de flammes, la tente paraissait complètement toc de l'extérieur. Mais à l'intérieur, ça faisait plus authentique. Il faisait noir et on étouffait dans une odeur âcre de sueur. La femme s'est accroupie au milieu, nous laissant, Kit et moi, nous tasser dans un coin près du rabat de l'entrée.

Kit a toussé.

– Est-ce que je peux laisser ouvert ?

– Non, a dit la femme. Pas de lumière.

– Pas d'air, m'a chuchoté Kit. Ça fouette là-dedans.

La femme a dénoué une bourse en cuir et vidé son contenu sur le sol devant elle. Elle a réparti les plumes, les tiges de fleurs séchées et le sable en petits tas.

– Peut-être que je devrais interpréter un rêve pour elle, a chuchoté Kit. Je lui dirais que j'ai la vision d'un déodorant.

Je lui ai filé un coup de coude.

– Arrête, j'ai chuchoté.

– C'est pour quoi faire tout ce bric-à-brac ?

Elle n'a pas répondu. Elle a commencé à passer ses mains au-dessus des tas, dans un mouvement de va-et-vient.

Kit s'est rapproché de mon oreille.

– Oh, mon Dieu. Nous y voilà.

La femme a commencé à psalmodier, quelque chose qui aurait pu être une chanson, d'une voix fausse. Kit avait raison. Ça ne sonnait pas indien. Enfin, elle m'a tendu une autre petite bourse.

– Secoue, elle a dit.

Je l'ai secouée.

– Plus.

Je l'ai secouée à nouveau, en écoutant le cliquetis étouffé de ce qui s'entrechoquait dedans.

– Maintenant.

Elle m'a fait signe de le déverser. Une poignée de petits galets colorés s'est répandue sur les objets qu'elle avait soigneusement disposés.

Elle les a étudiés, sans aucune expression, puis a dit :

– Raconte-moi le rêve.

Alors je lui ai raconté, la voiture dans la tempête, la fille qui se dressait au milieu de la route, les bras écartés, demandant mon aide. En parlant, je pouvais voir toute la scène, comme si elle se déroulait juste sous mes yeux : son pâle visage me suppliant sous la pluie.

La femme me regardait fixement. Elle semblait s'ennuyer.

– Elle ne demande pas d'aide. Elle t'aide. Elle te donne quelque chose.

– Quoi ? Qu'est-ce qu'elle me donne ?

La femme a haussé les épaules avec indifférence.

– C'est ton rêve, a-t-elle dit.

– Eh bien, ça valait la peine de payer dix balles, a dit Kit alors que nous retournions à la voiture. Maintenant, tout est clair.

J'ai soupiré.

– Peut-être qu'elle a raison.

– Et tu gobes ça ?

Kit a hoché la tête avec incrédulité.

– Pendant tout ce temps, j'ai pensé que la fille me demandait de l'aider. Mais peut-être qu'en fait, c'est elle qui m'aidait.

– Ah ouais ? Comment ? En te réveillant toutes les nuits ?

– Non. J'ai fait un signe négatif. Elle m'aidait à voir, à voir vraiment les choses.

– Comme quoi ?

Toi, j'ai pensé. *Jamie*. *Moi-même*. Mais je n'ai rien dit.

– Oh, allez. C'était que des conneries. Elle a juste chanté sa psalmodie pour rendre ça bizarre. En plus, et je regrette de devoir te le dire, mais ton rêve semblait la soûler.

J'ai opiné.

– Ouais, je sais. C'était nul. C'est comme d'aller voir un psy que tes problèmes ennuient.

Kit a ri.

– Tu aurais dû inventer quelque chose. Un truc plus intéressant. Tu aurais pu lui raconter un rêve à propos de moi.

J'ai levé les yeux au ciel.

– Je ne rêve pas de toi.

Il a passé ses doigts dans mes cheveux en serrant mon épaule.

– Peut-être que tu devrais. Tu dormirais mieux.

Je me suis dégagée, mais je n'ai pas pu m'empêcher de me moquer de lui.

Près de là où on était garés, j'ai remarqué une pile de rebuts près d'une benne : des carrosseries de voitures, des pneus lacérés, un pot d'échappement tordu, une batterie couverte de mousse blanche.

– Eh, regarde, j'ai dit. Rapportons quelque chose à Beth.

– Éclate-toi, a dit Kit en montant dans la voiture.

J'ai repensé aux pièces métalliques des sculptures de Beth. J'ai ramassé le pot d'échappement rouillé et l'ai jeté sur le plancher à l'arrière.

– Une sorte de cadeau de pendaison de crémaillère, j'ai dit à Kit.

– Tarée.

chapitre 37

Il était tôt dans l'après-midi quand on a bifurqué dans l'allée de Beth. La voiture avançait en cahotant dans la cour, et les chiens ont foncé vers nous depuis un coin sombre sous la remise, en aboyant comme des fous. Ils se sont arrêtés, souriant comme des idiots, quand on est sortis, et nous ont encerclés. Leurs queues fouettaient nos jambes. Oscar est venu flanquer sa tête sous ma main.

Je me suis sentie timide soudain, je n'avais pas envie de voir Beth, en repensant à ce que je lui avais dit cette nuit-là dans la cuisine. Mais c'était trop tard. Elle et Jamie sont sortis ensemble, dévalant les marches du porche, et sur leurs visages, comme un témoignage, se lisait notre histoire : pas seulement ce qui leur était arrivé, mais aussi ce qui nous était arrivé, et le mélange d'émerveillement, de panique et d'inquiétude qui en résultait. Quand j'ai regardé Jamie, j'ai eu l'impression de le voir comme une personne à part entière, séparée de moi et de notre famille, pour la première fois.

– Salut, j'ai dit calmement.

– Salut, a répondu Jamie. Vous êtes enfin de retour.

– Vous allez bien ?

Beth me regardait attentivement.

– Oui, on va bien, a dit Kit. On est juste assoiffés.

Il les a bousculés en entrant dans la maison et j'ai grimpé les marches derrière lui.

On s'est finalement retrouvés dans le salon. Kit arpentait la pièce en racontant ce qui s'était passé, moi, assise par terre, qui le coupais pour donner des détails et Jamie et Beth sur le canapé, tous deux partageant le même espace, à leur aise. Difficile d'expliquer toute l'histoire. Sur le moment, nos réactions nous avaient semblé justes. À présent, ça ressemblait à une suite hasardeuse d'accidents et d'erreurs. C'était incroyable qu'on ait pu oser faire tout ça.

– Vous êtes entrés par effraction dans sa maison ? a demandé Beth, l'air surpris.

– Tu as *volé* une des pilules ? a insisté Jamie.

Et tout ce que je pouvais faire, c'était acquiescer, en essayant de me rappeler les raisons qui nous avaient poussés à agir. On était en train de leur raconter la scène du couteau quand le téléphone a sonné. J'ai su à la voix de Beth que c'était le shérif Durrell.

– Oui, a-t-elle dit. Oui, Stan, ils sont là.

Elle s'est éloignée légèrement de nous, en direction de la cuisine, mais on pouvait entendre le bourdonnement de la conversation dans le combiné et les « Oh ! » soucieux et les « Vraiment ? » qu'elle donnait en réponse. Kit m'a regardée.

– Il a fait ça ? a dit Beth. Wow. Oui, tout à fait.

Une longue pause, puis j'ai vu son dos se raidir.

– Non. Non, Stan, s'il te plaît, ne fais pas ça. Je comprends, mais…

Elle était tournée vers nous maintenant, en se massant le front, le visage renfrogné.

– Stan, tu ne peux pas faire ça, elle a dit encore. Je sais. Oui, je sais. Mais ils t'ont appelé. Ils t'ont tout raconté. Si tu l'as arrêté, c'est grâce à eux.

Que pouvait-il bien lui dire ? Qu'allait-il nous faire ? Beth a attendu encore une minute, tendue, sérieuse, puis ses yeux se sont posés sur Jamie.

– Stan, elle a dit lentement. Écoute-moi. Ce ne sont que des enfants.

Elle a regardé longuement Jamie et j'ai vu un voile de tristesse recouvrir son visage. Elle paraissait plus âgée, résignée.

– Des enfants, elle a répété, en fixant Jamie.

Elle s'est éloignée encore, a poursuivi la conversation dans le couloir. Au bout d'un moment, elle est revenue dans le salon.

– OK. D'accord. Ça me paraît juste. Merci, Stan. Oui, je te la passe.

Beth m'a fait signe et je me suis levée lentement pour prendre le téléphone, l'estomac noué.

– Allô ?

– Mademoiselle Martinez, a-t-il dit d'une voix brusque. Je vais tenir vos parents au courant des derniers développements de l'affaire. Dites à monsieur Kitson que je contacterai également les siens.

– D'accord, j'ai répondu sans joie. Mais s'il vous plaît, n'effrayez pas ma mère.

– Mademoiselle Martinez, je n'ai pas l'intention d'effrayer qui que ce soit. Je souhaite informer vos parents des événements auxquels vous avez été mêlés ces derniers jours. Il semblait irrité. Surtout depuis que le service de police a décidé de ne pas porter plainte contre vous.

Je n'étais pas sûre d'avoir bien entendu.

– Vous voulez dire que vous n'avez plus besoin de nous ?

– On a des aveux, a-t-il dit.

– C'est vrai ?

J'ai senti mes genoux me lâcher. Je me suis appuyée contre le mur et me suis laissée lentement glisser au sol :

– De Wicker ?

– Affirmatif.

– Qu'a-t-il dit ? S'il vous plaît… Qu'est-il arrivé à la fille ?

– Je ne peux rien vous dire, mademoiselle Martinez.

– Mais qu'est-ce qu'il lui a fait ? Il l'a droguée ? C'est pour ça qu'elle est morte ?

– Mademoiselle Martinez, a-t-il dit sèchement. Je ne peux rien vous dire.

– S'il vous plaît, j'ai insisté.

Il a soupiré.

– L'examen toxicologique complet va prendre encore quelques semaines, mais nous sommes quasiment sûrs du résultat.

– Vous savez qui c'est ?

Il a marqué une pause.

– Nous l'avons identifiée. Maintenant j'aimerais que vous me passiez monsieur Kitson.

Une vague de soulagement m'a envahie. Soudain, je n'avais plus besoin de savoir qui elle était. Ça n'avait pas d'importance. Tout ce que je voulais, c'était m'assurer qu'elle ne disparaîtrait pas dans la nature, à l'insu de tous, sans un nom ou une adresse ou une famille.

Plus maintenant.

Moi aussi parfois je m'étais sentie seule comme ça – comme si je pouvais disparaître sans que personne ne le remarque. Mais ça n'aurait jamais pu arriver. Il existe, partout autour de soi, de minuscules liens, des chemins où les vies s'entrecroisent avant de bifurquer : je me revoyais en train de prendre le bracelet, je revoyais Jamie embrasser la main de Beth.

J'ai traversé lentement la pièce et tendu le téléphone à Kit.

On ne saurait peut-être jamais ce qui lui était arrivé, et peut-être que c'était bien ainsi. Ne pas savoir est peut-être une façon de savoir.

Quand Kit a raccroché, Jamie a pris la parole, brisant la tranquillité de la pièce.

– C'est fini ? a-t-il demandé, ses yeux noirs rivés sur Beth.

– Fini, a-t-elle dit.

Jamie a gardé le silence.

– Wicker est passé aux aveux, s'est empressée d'ajouter Beth. Et la police enquête sur le rapport qu'il pourrait avoir avec plusieurs autres jeunes femmes disparues.

J'ai regardé Kit, en pensant à Elena.

– Qu'est-il arrivé à la fille ? a demandé Kit. Il vous l'a dit ?

Elle a fait signe que non.

– Il ne m'a pas dit grand-chose. Ils attendent toujours le résultat du test toxicologique, mais il semble que Wicker l'a bien rencontrée à la cafétéria, emmenée chez lui et lui a donné de l'ecstasy. J'imagine que ça a augmenté sa fréquence cardiaque et sa pression artérielle, et qu'elle a eu une réaction immédiate à cause de sa malformation au cœur. Une crise cardiaque foudroyante.

Jamie a secoué la tête.

– Et ensuite il a mis le corps dans le camion et s'est débarrassé d'elle ? Sur la route, comme ça ?

Personne n'a répondu. On était assis en silence, en train d'imaginer la scène.

– Alors qui était-ce ? a fini par demander Kit. Elle venait d'où ?

– Il ne me l'a pas dit, a expliqué Beth. Ils n'ont pas encore réussi à joindre sa famille. Elle a hésité. Mais vous pouvez partir maintenant. Vous avez de la chance. Ils n'engagent aucune poursuite contre vous.

– Ouais, de la chance, a dit Kit, en hochant la tête. On va enfin pouvoir profiter de nos vacances. Avec cinq jours de retard. Merde.

Il a regardé Beth et Jamie.

– Bon, Luce, on va faire un tour ? Avant de reprendre la route ?

Je savais à quoi il pensait. Leur laisser un moment, seuls tous les deux.

– OK.

Mais secrètement je pensais qu'on allait se retrouver seuls nous aussi, et je n'étais pas sûre de le vouloir.

J'ai attrapé une bouteille d'eau et on a gagné la cour. Un lézard qui trottinait sur le sol durci a filé sous les marches du porche dans un éclair, en donnant un dernier coup de queue dans la poussière. Oscar l'a chargé en aboyant comme un fou, mais il avait déjà disparu.

– Imbécile de chien, a dit Kit.

– Il n'est pas stupide, j'ai rétorqué en claquant des doigts pour attirer l'attention d'Oscar. C'est juste l'instinct.

J'ai suivi Kit à travers les broussailles, à quelques pas derrière lui, en me demandant de quoi je pourrais bien parler. Mais lui ne parlait pas. On a marché en file indienne dans le désert, les montagnes étaient comme un mirage au loin. Je voyais les muscles de son dos sous son tee-shirt.

Au bout d'un moment, il m'a lancé :

– Tu penses qu'on va finir par découvrir qui c'était ?

– Je ne sais pas. Peut-être quand la police aura bouclé son enquête.

– On sera partis depuis longtemps.

– Oui, on sera rentrés à la maison.

Comme c'était bon de pouvoir se dire ça. Sur cette terre aride et chaude, j'ai pensé au Kansas et à ses plaines d'herbe ondulant dans le vent printanier.

Kit a montré les montagnes du doigt.

– Tu crois qu'on pourrait marcher jusque là-bas ? En un jour, je veux dire ?

J'ai fait non de la tête :

– Elles sont trop loin.

– Ouais, t'as sûrement raison.

Il a attendu que je sois à sa hauteur, en essuyant son visage avec sa manche.

– Pff, qu'est-ce qu'il fait chaud.

J'ai dévissé le bouchon de la bouteille et la lui ai tendue. Je l'ai regardé avaler une longue rasade puis se verser de l'eau sur le front.

– Tiens, a-t-il dit en m'aspergeant.

– Aaaah, c'est froid, je me suis écriée.

J'ai pris la bouteille et j'ai bu, consciente que mes lèvres étaient posées juste là où il avait mis les siennes. Il m'observait.

On se tenait sur un terrain sablonneux, cernés par des touffes d'herbe fauve et de petits fourrés de fleurs jaunes.

– Arrêtons-nous un instant, a dit Kit.

Il s'est affalé sur le sol, a croisé les bras sous sa tête et il s'est mis à contempler le ciel. Il était d'un bleu éblouissant, avec d'épais amoncellements de nuages blancs, comme dans les anciennes peintures européennes.

Je l'ai regardé, hésitante.

– On va attraper un coup de soleil.

Il a fermé les yeux.

– Non, l'après-midi est déjà bien avancé. Allez, allonge-toi. Faisons une petite sieste.

J'ai dégluti, nerveuse.

– Je n'arrive plus à dormir, tu te souviens ?

Ses yeux étaient fermés. Il semblait s'être presque endormi.

– Oh, allez, Luce, a-t-il dit encore, d'une voix somnolente.

Il a tendu une main, cherché à tâtons ma jambe et m'a attirée près de lui.

– C'est plein de bosses, j'ai râlé.

Je pouvais sentir des galets, des branches, des tiges rugueuses s'enfoncer sous mes épaules :

– Et il doit y avoir des insectes.

– Chuut, a sifflé Kit. C'est comme à la plage.

Il a bougé encore, a passé son bras sous moi. J'allais pour m'écarter, mais son souffle était si lent et régulier qu'il devait déjà dormir. Et puis la position était confortable, la légère pression de son bras sous ma tête, la chaleur du soleil sur mon visage. J'ai écouté la faible mélodie du désert qui nous entourait. Avant, ce son m'avait semblé menaçant. Mais maintenant il me rassurait – la pulsion régulière de la vie, là où on s'attendrait le moins à la trouver.

Je me suis tournée vers Kit et je l'ai senti remuer légèrement, pour se caler contre moi. Avec précaution, j'ai posé ma tête sur sa poitrine. À travers le fin tissu de son tee-shirt, je pouvais entendre battre son cœur. Pour la première fois depuis qu'on était arrivés au Nouveau-Mexique, je me sentais en sécurité. J'ai fermé les yeux et me suis endormie.

Quand j'ai ouvert les yeux, Kit était déjà réveillé, le regard plissé vers le ciel. J'ai fait le geste de me redresser, mais il m'a retenue :

– Reste. On est bien.

Je me suis rallongée contre lui.

– Je ne peux pas croire que j'ai dormi, j'ai dit, le visage enfoui dans son tee-shirt. Je n'ai même pas rêvé.

– Ouais, t'étais loin. Je ne sens plus du tout mon bras.

– Oh, désolée, j'ai fait, en tentant de me relever à nouveau.

Mais Kit a souri et resserré son étreinte :

– C'est bon. C'est pas grave.

J'ai pensé à toutes ces filles au lycée. Maddie Dilworth, Kristi Bendall, Lara Fitzpatrick. Ses ex, ses nouvelles copines, ses futures petites amies. J'essayais d'imaginer Kit me croisant dans le couloir à l'école, entouré d'une bande débraillée de garçons de terminale, un sourire satisfait aux lèvres, passant sans vraiment me voir. Ça m'a rendue triste. Ces derniers jours semblaient comme une parenthèse hors du temps.

– Alors voilà, fin de l'histoire, n'est-ce pas ? ai-je dit après un moment. Une fois rentrés à la maison, retour à la normale. À l'école, je veux dire. Et tout le reste.

– Ben, ouais.

Il s'est tourné pour me regarder :

– C'est comme ça. Tu comprends ?

C'est comme ça. Il était en terminale. J'étais la sœur de Jamie.

Kit a saisi ma main, mêlant ses doigts aux miens.

– Je suis désolé.

Je pouvais voir à son expression qu'il était sincère. Certaines personnes savent trouver les mots justes pour s'excuser et d'autres non. Celles qui en sont incapables s'excusent d'une manière roublarde, « Je suis désolé, mais… », ou d'une manière qui vous accuse, « Je suis désolé que tu ressentes ça », ou vite fait, juste pour se débarrasser du problème, parce qu'au fond ils ne sont pas du tout désolés. Mais celles qui s'excusent en le pensant vraiment, arrivent à vous faire comprendre combien elles se sentent mal et n'essayent pas de se protéger elles-mêmes du fait que vous puissiez être blessés. Comme lorsque Kit s'est excusé.

– Tu comprends ? il a demandé.

– Oui.

Et c'était vrai.

D'un doigt, j'ai suivi le contour de son visage. Kit s'est penché vers moi, un peu plus près, son souffle caressait doucement mes cheveux.

– Je t'apprécie, Luce. Je veux dire, vraiment.

Je lui ai souri.

– Je vais dire aux gens que j'ai couché avec toi.

Il a ri.

– Vas-y.

– Ça va ruiner ta réputation.

– Mais c'*est* ça, ma réputation.

J'ai entouré son visage de mes mains, le maintenant juste au-dessus du mien. J'ai plongé dans ses yeux tachetés d'étincelles. Je ne regrettais pas ce qu'il s'était passé avec lui. Pas un seul de ces instants. Avec Kit, c'est comme si j'avais vu une autre part de moi-même.

– Alors, comment ça se fait que toi et moi on finira jamais ensemble ? lui ai-je demandé.

Kit m'a regardée droit dans les yeux.

– Qui a dit ça ?

Et même si je m'étais promis que je ne le ferais plus, je l'ai embrassé à nouveau. Son visage dans mes mains, j'ai collé ma bouche contre la sienne et me suis remplie de son odeur et de son goût. On s'est embrassés, et embrassés encore. Malgré le désert aride autour de nous, c'était comme de se noyer : une vague d'émotions qui s'abattait sur moi.

Mais je savais que l'embrasser ne serait pas ce qui me manquerait le plus. C'était de m'endormir avec lui. D'une certaine manière, c'était la chose la plus intime qu'on ait jamais partagée. Et je savais – de la façon dont parfois vous pressentez le futur avec une parfaite clarté – que bien longtemps après cette journée, si jamais je repensais à Kit, ce serait ce moment-là que je voudrais revivre.

chapitre 38

Quand nous sommes retournés à la maison, le sac de Jamie était posé sous le porche. Il semblait abandonné, comme un symbole. Toronto, couchée à côté, veillait au grain.

Beth était à genoux dans le salon, sa chemise de travail pleine d'éclaboussures, en train de peindre. Ça m'a surprise de la voir exactement dans la même position que la première fois où nous l'avions rencontrée. Elle n'a pas relevé la tête quand on est entrés. Concentrée sur son travail, le visage sérieux. Par touches régulières, avec un pinceau, elle étalait du turquoise sur le métal. Je me suis rappelée du pot d'échappement.

– Eh, j'ai dit. On a quelque chose pour vous.

Elle a levé les yeux.

– Quoi ?

– C'est dans la voiture. Vous pouvez venir ?

Elle a posé le pinceau sur le bord du pot de peinture et m'a suivie dehors. Quand j'ai ouvert la portière arrière, elle a souri.

– Où avez-vous trouvé ça ?

– Dans une station-service, il y avait une pile de déchets. On s'est dit que...

Je me suis interrompue, timide :

– Que ça pouvait vous plaire.

– En effet.

Adroitement, elle l'a soulevé du plancher et l'a fait claquer contre son jean. On a regardé les particules cuivrées de rouille voleter jusqu'au sol. Je m'apprêtais à refermer la portière quand elle m'a arrêtée. Elle regardait le carnet à dessin qui s'était ouvert sur le siège arrière.

– Je peux ?

C'était le paysage que j'avais dessiné. J'ai hésité.

– Oui, pourquoi pas.

Beth a calé le pot d'échappement contre la voiture et a pris le carnet pour examiner le croquis. Elle a tourné la page. C'était le portrait de Kit en train de dormir. Vite, j'ai tenté de le lui reprendre, mais elle m'a retenue. Elle est retournée au dessin, l'a étudié lentement. Quand elle a levé les yeux vers moi, il y avait de la compréhension dans son regard. Et quelque chose d'autre : une sorte de pitié.

– Tu y es, a-t-elle fini par dire en me rendant le carnet. Tu as dessiné ce que tu ressentais.

On était là, debout, à se regarder, puis Beth a saisi le pot d'échappement, l'a fait rouler dans ses mains comme s'il était fragile.

– Tu penses que c'est acceptable de faire quelque chose de stupide, de vraiment stupide, une fois dans sa vie ?

Elle me demandait ça à moi ? J'ai dégluti et fixé le sol.

– Qu'est-ce que vous voulez dire ?

– Est-ce qu'on a le droit de faire une bêtise ? Pas parce que tu ignores comment faire autrement, mais parce que tu sais précisément. Et que malgré tout tu ne peux pas t'arrêter. Une erreur. Une terrible et merveilleuse erreur.

Sa voix était calme, mais ferme.

– C'est acceptable ? Est-ce qu'on est autorisé à faire ça ?

L'affaire semblait si simple, anodine, quand elle en parlait comme ça.

– Je n'en sais rien, j'ai dit. Tout dépend de ce que c'est. Tout dépend de qui ça blesse, à la fin.

Elle gardait le silence.

– Tu as raison, a-t-elle dit enfin, en se détournant avant de s'éloigner.

J'ai repensé à la manière dont Jamie la regardait, le bonheur aveugle qui métamorphosait son visage.

– Beth, j'ai fait en touchant son bras.

J'ai pris une grande inspiration :

– Ce n'était pas une erreur.

Son visage s'est adouci.

– Merci, elle a dit, alors qu'elle montait les marches de la maison.

Jamie était au téléphone quand on est entrés. « C'est papa, » il a soufflé, en grimaçant. J'ai soupiré.

Qu'allait-on lui dire ? Peut-être que la police s'en était déjà chargée pour nous.

– Vraiment ? a dit Jamie. Tu peux ? Mais tu n'as pas du travail ? Il semblait abasourdi. T'as fait ça ? Eh bien, ça serait... Non, c'est super. OK. Oui, on se voit là-bas. Tiens, je te passe Luce.

Il m'a tendu le téléphone, incrédule.

– Papa ?

J'ai collé le combiné à mon oreille.

– Salut chérie. Écoute, je disais juste à ton frère que je nous avais réservé des chambres au Century, un hôtel avec spa près d'Albuquerque. Je prends le reste de ma semaine.

C'était tellement inattendu que j'en ai presque lâché le téléphone.

– Tu peux prendre un congé ? Mais tu disais que tu avais des réunions.

– Oui, mais je me suis arrangé. Je prends un vol et quitte Phoenix dans quelques heures. Si vous roulez cette nuit et arrivez tôt, nous pourrons passer le reste de la semaine ensemble.

– Donc on ne va pas à Phoenix ?

– C'est trop loin. Si vous perdez encore un jour sur la route, vous ne profiterez pas beaucoup de vos vacances.

J'ai eu un pincement au cœur en l'écoutant. L'assurance dans sa voix, ses choix toujours assumés – il me manquait.

– Papa, tu as parlé avec la police ?

– Évidemment. Il a marqué une pause. Et à ta mère.

Maman. Il fallait que je l'appelle. Et Ginny aussi, qui ne croirait jamais tout ce qui s'était passé. C'étaient les liens qui me rattachaient à ma vie d'avant.

– On peut dire que vous avez passé une sacrée semaine, a dit mon père.

J'attendais l'inévitable déluge de mises en garde et de conseils, la longue liste des choses qu'on aurait dû faire autrement. Mais rien.

– Je suis heureux que vous alliez tous bien. Et tu sais quoi, l'endroit est chouette, chérie. Tennis, piscine, golf. On va pouvoir se détendre, passer un peu de temps ensemble. Ça te plaît ?

– Oui, ça a l'air extra.

– Bon, je vous vois vite ?

– Oui, papa. Génial.

J'ai raccroché et regardé Jamie qui secouait la tête de stupéfaction.

– Qu'est-ce qui lui a pris ?

– J'en sais rien, j'ai dit. Peut-être qu'on lui manque.

Jamie a rassemblé le reste de ses affaires en silence. Les miennes et celles de Kit étaient déjà dans la voiture, du coup on se tenait debout dans le salon, gênés, à le regarder. Quand il est sorti du couloir, il avait l'air dévasté, comme s'il ne savait pas quoi faire ensuite. Beth peignait toujours. Jamie ne cessait de lui lancer de brefs regards, mais elle nous a à peine jeté un coup d'œil quand on s'est dirigés vers l'entrée. Je me demandais ce qu'ils s'étaient dit.

– Bon.

Kit a ouvert la porte. Les chiens se sont bousculés devant lui, impatients de sortir. Il a fait un geste vers la sculpture.

– Peut-être qu'on verra un de vos trucs, un de ces jours. À l'aéroport.

Beth a fini par nous regarder.

– Peut-être, a-t-elle dit.

Elle a tapoté le pot d'échappement qui a résonné d'un bruit métallique :

– Et celui-ci aussi. Je vais lui trouver une place.

Jamie se tenait debout, mal assuré, et l'observait.

– Conduisez prudemment, elle a ajouté, avec un léger sourire.

Elle m'a regardée.

– Continue de dessiner, Lucy. Peut-être que je verrai tes œuvres un jour.

J'ai souri.

– Merci. Merci pour tout.

– Oui, a fait Kit à son tour. Merci.

Il a regardé Jamie.

– Allons-y.

Jamie hésitait encore, il se balançait d'un pied sur l'autre. Soudain, il a traversé la pièce pour rejoindre Beth et s'est baissé, l'enveloppant par-derrière de ses bras, puis pressant son visage contre sa nuque. Tout son corps à elle s'est raidi et son pinceau s'est arrêté au milieu d'un trait. Mais elle a simplement allongé le bras et, de sa main libre, a effleuré tendrement son visage.

Jamie s'est relevé, il est passé en nous bousculant et Kit l'a suivi dans la cour qui s'assombrissait. Je me suis agenouillée un moment auprès des deux chiens, leur ai frotté les oreilles.

– Salut, je leur ai murmuré.

– Salut, a crié Beth. Sa voix tremblait.

Et voilà, on était à nouveau sur la nationale, tous les trois. Kit et Jamie devant. Moi à l'arrière, fixant le pare-brise et la même route sombre, à travers le désert désolé et ses montagnes plantées comme des mastodontes sur la ligne de l'horizon.

On n'était pas rendus très loin quand on a vu quelque chose traverser la route, rasant la lumière des phares. On l'a tous vu en même temps. Jamie a écrasé le frein, de toutes ses forces, les pneus ont crissé et la voiture a dérapé, glissant vers l'autre voie. On a été projetés en avant. La sangle de la ceinture de sécurité m'a tailladé la poitrine. J'ai agrippé l'appuie-tête du siège avant, et dans le noir, j'ai senti la main de Kit attraper la mienne.

Mais la voiture s'est arrêtée.

Et là, devant nous, figé dans le rond de lumière, un coyote. Il était efflanqué et gris, le pelage ébouriffé, une patte dressée en l'air. Sa fine gueule tournée vers nous, les oreilles en alerte, des yeux jaunes flamboyant.

Il a hésité un instant, suspendu dans la lumière, flottant tel un fantôme dans l'immense désert noir. Puis sa patte est retombée sur l'asphalte et il a traversé la route, en touchant à peine le sol. Il a disparu dans la nuit.

Personne n'a rien dit. On a redémarré et Jamie a braqué les roues lentement pour nous ramener sur la voie. Dans l'épais silence de la voiture, je savais qu'on ressentait tous la même chose : de la reconnaissance pour ce rendez-vous manqué de peu, pour cet animal sauvage à la beauté troublante, cette vie minuscule, singulière, qui venait de croiser notre chemin et traçait sa route.

Remerciements

Je suis redevable à de nombreuses personnes pour le soutien qu'elles m'ont apporté dans l'écriture de ce livre. Mon éditeur, Christy Ottaviano, est à la fois un critique attentif et un fervent avocat qui, sans crainte, m'a encouragé à prendre des détours, explorer de nouveaux territoires, et m'a aidée à trouver mon chemin. Je me sens de la même façon tout aussi chanceuse d'avoir le soutien de l'équipe de Holt : correcteurs, graphistes et commerciaux qui ont travaillé si durement, et souvent dans l'ombre, pour que mes livres paraissent sous leurs plus beaux atours. Mon agent, Steven Malk, m'a offert de précieux conseils tout au long du travail d'écriture.

J'ai chargé une poignée de lecteurs d'annoter une des dernières versions de ce manuscrit – en très peu de temps ! – et leurs commentaires astucieux l'ont amélioré en tous points. Pour leurs points de vue divers et leurs regards perspicaces, je suis extrêmement reconnaissante envers Mary Broach, Claire Carlson (et, *in absentia*, sa mère, Barbara Streeter, pour m'avoir inspiré l'idée du bracelet à breloques), Laura Forte, Jane Kamensky, Carol Sheriff et Zoe Wheeler.

Je voudrais tout spécialement remercier mes deux experts en affaires policières : l'agent Jack Toomey, et surtout le chef Fran Hart, qui ont patiemment répondu à mes interminables requêtes au sujet des procédures judiciaires et qui, de manière inattendue, ont merveilleusement saisi et servi les exigences de l'histoire.

Enfin, je remercie ma famille, étoiles du berger qui m'ont guidée dans le ciel de ma nuit – mon mari, Ward Wheeler, et mes enfants, Zoe, Harry et Grace.

Ouvrage réalisé par
Cédric Cailhol Infographiste.

Reproduit et achevé d'imprimer
par l'Imprimerie France-Quercy à Mercuès
en **février 2013.**

Dépôt légal : **mars 2013**
N° d'impression : **30049/**
ISBN : 978-2-8126-0499-7
Imprimé en France